Sonderzahl

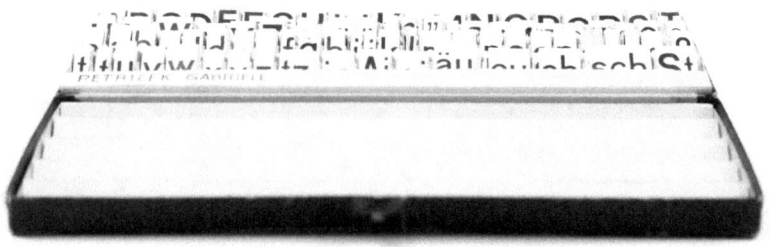

Für meinen Vater

Gabriele Petricek

Am Ufer meines Setzkastens

Erzählungen

Sonderzahl

Publiziert mit Unterstützung des Amtes der NÖ Landesregierung, Abteilung Kunst und Kultur, sowie des Bundesministeriums für Kunst, Kultur, öffentlichen Dienst und Sport.

www.sonderzahl.at

Gesetzt aus der Allegra und Garalda
Druck: Booksfactory
ISBN: 978 3 85449 554 3

Umschlag von Matthias Schmidt

Am Ufer meines Setzkastens

also:
wären meine Großeltern die vier Windrichtungen – Karl wäre der Norden, Johann der Süden, Wilhelmine der Osten und Anna Westen. Alle vier stammen sie aus dem Waldviertel. Kindheitsgegend.

Die Geografie meiner Familie lag immer zwischen Krems und Znaim (Znojmo) im weiteren Sinn. Es könnte drüben im Mährischen auch Iglau (Jihlava) gewesen sein. Sofern die immer noch phantasievollen Erzählungen meiner hochbetagten Großtante stimmen. Die Seite meines Vaters jedenfalls stand dort, wo sich heute Österreich und die Tschechische Republik die Grenze teilen. Die Vaterseite, mit einem Bein diesseits und dem anderen jenseits der Linie, die immer das Waldviertel von Mähren trennte. Die Schulzeugnisse von Karl stammen aus Drasenhofen und aus Nikolsburg (Mikolov). Man sprach Deutsch. Iglau war deutsche Sprachinsel.

Als ich in der Schule die Buchstaben lernte, lautmalte meine Schwester sie mit mir, wenn ich sie zuhause übte und zeichnete sie mir nach. Sie konnte schreiben, als sie gerade fünf Jahre alt geworden war.

MAMA
MAMA ___ AM ___ .
___ MAMA AM ___ ?

Der Norden Karl und Wilhelmine der Osten. Das klang dunkel und kühl und geheimnisvoll. Die Namen der beiden klangen herrscherhaft. Wilhelminisch. Dem, wie meine Mutter zu sagen pflegte, recht sorglosen Gemüt von Wilhelmine wurde ihr Rufname gerechter. Die Minnerl, diese stattliche Frau, deren Busengebirg nicht ins Diminutiv passte (auch nicht ihr Popsch), blickt mir resolut und herzensgut aus Fotos entgegen. Die Minnerl war vielleicht von beherrschendem Naturell oder bloß von reschem Hausverstand geprägt. Weshalb zumindest ihr Name verniedlicht werden musste. Nie wurde Karl Karli gerufen.

IM SCHNEE STECKEN ZWI E WIE SCHWESTERN

Meine Großtante selig spricht in ihren Erbstücken zu mir und ihre Geschichten hallen nach. Hallen mir nach und voraus. Das Böhmische Glas am Luster sprüht Erinnerungen. Genuschelte Echos vom rostigen Wasser der Thaya geschliffen, Wasser, die mich schon dachten, als Minnerl ihre Zehen darein tauchte, wiewohl mein Vater noch nicht gezeugt, Wasser, die mich lenkten und orten, noch immer. Verorten und verworten.

In einem alten Sommer an einem Sonntag fuhr ich nach Primmersdorf. Wollte den barocken Schüttkasten aufsuchen, der in einer Rechtskurve an der Strasse von Eibenstein nach Drosendorf neben dem längst restaurierten Gut steht, das von Künstlern und anderen Menschen bewohnt wird, die sich erlauben, keiner geregelten Arbeit nachzugehen. Da ich das auch tue, hätte ich ebensogut an einem Montag losfahren können oder einem Mittwoch. Jeden Tag. Hinterm Gut fließt die Thaya durch Primmersdorf. Da bin ich schwimmen gegangen im ruhigen Oberwasser. Als mir schon kalt war, hockte ich mich aufs Wehr. Mich ihm entgegen stemmend, überschoss das Wasser Schultern und Kopf, festgesteckt das Haar trocken ritt ich den Wehrkamm: klammfingrig Balance im Anschwall des Oberwassers gegen Schulterblätter und gewogen in tropfenschnaubender Nische geborgen. Aus einem tiefen Sommer silberten Libellen auf mich zu. Facetten.

Entschlüpft einem schieren Waldviertelsommer: brummend, surrend, luftsirrend und brütend im Entdecken und im Nichtstun in Weikertschlag beim Großvater, meine Schwester und ich – zehn und zwölf. Smaragdfeuchtes Moos, barfuß durch den Gemüsegarten, auf schmalen Pfaden, nichts zertreten, auch Schnecken, ans Ufer, die Farnbüschel zerteilt, ein Karpfen, das Fliegengrün schillrig im Gedärm, sein Auge blickt mich tot

ROT IST DER TOD DAS TÖDLEIN DIE FRUCHT DAS MAUL
HEIDELBEER

Ich Stromschnelle musste meine Lage mit Vorsicht verändern, wollte ich nicht von der Wasserkraft über den Dammkamm ins Unterwasser geworfen werden. Übermannt ins schäumende Tosbecken aus Natursteinen. Wollte ich nicht bibbernd und mit aufgeschlagenen Knien, geschrammten Flanken, wunden Ellenbogen und blutenden Fingern daraus wieder hervor kriechen. Und mit einem Schrecken. In Primmersdorf.

Was mich bewog, den Karpfen zu küssen, weiß ich nicht. Das Sausen von Angelleinen durch Lüfte, das Klatschen der Haken am Wasser stromaufwärts im Gestrüpp, das leise klickernde Aufrollen und Einrasten der Leinen an der Angel. Die Männer köderten mit schweigsamen Gesten.

FÜR EINEN BECHER HEIDELBEER ZEIG ICH MEINEN BUSEN HER
FÜR EINEN KARPFEN NICHT MEHR

Seit Großvaters Begräbnis nicht mehr im Waldviertel gewesen. Oder doch?

Meine Verortung ist schlicht und weiträumig. Hab' das Waldviertel in mir. Diesen Aufenthaltsraum meiner Herkunft. Geräusche, Licht, Gerüche. Habe das Waldviertel auf dem Boden im Wohnzimmer ausgebreitet. Landkarten sind Ausgangspunkte fürs Gehen und fürs Schreiben. Oft gehe ich beim Schreiben von Topografien aus. Lege Tangenten oder Sekanten, Berührpunkte durch Orte, mitunter zentrale Anpeilungen mitten durch, aber auch Passanten, die das Gebiet nicht schneiden. Um den Brei rum, in Annäherung gerade daran vorbei, als wär' das Areal vermint. Meine Anhaltspunkte sind Bahnknoten, Stationen, Umsteigestellen, Höhenmeter, Entfernungsangaben, Entfremdungen. Ausritte ins Abstrakt entlang von Höhenlinien. Vermessungen im Kopf. Ich fahre Rad, Zug, Schnellbahn oder Bus. Selten Schiff oder Boot. Auto fahre ich nicht gern. Ich gehe von den Landkarten aus und komme hernach auf sie zurück. Beim Schreiben, Denken und beim Schreibendenken.

Meine Anhaltspunkte sind auch die Weingärten, die Bahnstrecken, die Treppelwege, die Flüsse. Ich fuhr ein Cabrio und zog métallisé langsam durch die Luftwirbel über die Bundesstraße. Ein Seidenfoulard um den Kopf wie Audrey Hepburn und mit übergroßer Sonnenbrille als eine motorisierte Libelle brauste ich den Berg rauf hinter Langenlois, roch die Weinberge am Rand, kinderstubenwarme Geruchsmoleküle strömten meine Wangen, sog das traubenschwere Laubrascheln, inhalierte es Blatt für Blatt, Zeile für Zeile und plötzlich – Streifen von Kühl quergewoben, die zupften am Kopftuch, stach der erste Ausläufer Wald daraus hervor, riefen Pilze nach mir, elegante Gestalten mit Sporen, und alles war mit einmal anders. Cut. Als habe eine große Weingartschere das breite Geruchsband, den Gemischten Satz von Veltliner, Müller-Thurgau, Riesling, Neuburger und Spätburgunder zerschnitten, auf dem ich dahinglitt.

IN ZITTERNBERG AM KAMP VOR GARS WÄCHST GALLERTIGER ZITTERZAHN IN FAUSTOS GÄRTEN

Und Johann der Süden, Anna Westen. Dass Lengenfeld, dass Freischling nicht im Weinviertel liegen, war mir ewig nicht bewusst. Der Geografieunterricht konnte mir das nicht ausbläuen. Nach heutiger Zuordnung durch Gemeindegrenzen liegt sogar Etsdorf am Kamp im Waldviertel, der Gemeinde Grafenegg zugehörig. Wo es nach Wein riecht, ist Weinviertel, nach der Faustregel meiner persönlichen Geografie. Zur Unterscheidung sprachen wir vom Weikertschlag-Opa, der Vaterseite, und von den Etsdorf-Großeltern, der Mutterseite. Unweit von Zitternberg, wohin ich unterwegs war, liegt Freischling, wo ich noch nie war. Von dort her kam Anna mit ihren unehelichen Söhnen nach Etsdorf, wo Johann die Frau jung gestorben war, in deren Herkunftsort er gezogen war. Johann war aus Lengenfeld und Weinhauer. Die Lengenfelder waren generationentief Weinhauer. Anna und Johann bekamen zu ihren drei Patchworkkindern noch drei gemeinsame: Herta, Anna und Rudi. Anna meine Mutter. Nie Mama zu ihr gesagt. Wir sagten Mutti. Dann das Fremdwort MAMA am Schulanfang.

MAMA   MIMI   MAMA
TIM
MIMI ___ MIT TIM.
MAMA ___ MIT TIM.
MAMI ___ MIT MIMI.

Weit voraus sehe ich den Großvater zwischen Reben gehen. Im Weinberg oben fast zwischen den Zeilen, zwischen Himmel und Rebzeilen, der alte Mann. Am bedachten Schritt, an den gemessenen Bewegungen erkenne ich seine Gestalt, und sehe an der sich gegens Hell dunkel zeichnenden Figur alle Details ihrer Erscheinung: Die flache Schirmkappe aus Salz-und-Pfeffer-Tweed, welche die Großmutter noch Jahre nach seinem Tod, eigentlich bis sie selbst starb, neben dem einfachen braunen Gehstock und dem braunkarierten Kalmuck-Janker im Vorhaus hängen ließ. Er war immer noch da, wenn wir nach Etsdorf kamen. Das erste Mal nach seinem Begräbnis erschrak ich, weil ich es wirklich glaubte, als ich seine Kleidungsstücke sah. Unter seinem Janker lugt der lange blaue Gradlschurz hervor, dessen Zipfel zusammengefasst und an seiner Mitte zum Beutel hochgesteckt sind, aus dem Weingartscheren und Drähte oder ein Stück Brot und Nüsse, mitunter ein Rand Speck hervor geholt werden. Oder er sammelte einzelne Weinbeeren darin ein, welche die ermüdeten Leser übersehen oder fallen lassen hatten. Schimpfte dabei vor sich hin, dass man nicht urassen solle. Der Etsdorf-Opa hat mich gerettet, in jenem Spätsommer, als alle zum Lesen und ich schon in die erste Klasse ging.

OMI ___ MIT MIMI IM ___ .

Alle Erwachsenen waren im Weingarten. Im Hirndl, im Hintaus, im Hasling, im Karl, in der Kellergassen. Im Hirndl, das lag am weitesten draußen. Die Etsdorf-Oma schnitt zu den Jausenzeiten Brot und Speck auf, schenkte den Haustrunk aus und lief am späten Vormittag nach Haus, für alle ein Mittagessen auf den großen Tisch in der Küche zu setzen. Sie konnte uns Kinder, meine Schwester, mich und die wilde Horde an Cousins dabei nicht brauchen. Die Cousins waren auf umliegende Bauernhöfe vereinzelt worden, damit sie nichts anstellen konnten. Meine Mutter hatte meine Schwester und mich in den örtlichen von Klosterschwestern geführten Kindergarten gebracht. Ich kratzte, biss und schrie, mein Schreien begleitete Mutti von der Ortsmitte fast bis an den Bahnschranken, neben dem das Haus meiner Großeltern war, so dass sie umkehrte und mich aus den Schraubstockarmen der von mir mit Zähnen und Klauen Traktierten wieder entgegennahm und nach Hause brachte. Sie sprach kein Wort mit mir, der Etsdorf-Opa, eben im Gehen begriffen, verstand, und blieb da und ich durfte mit ihm bleiben und er ging mit mir im Hof herum und erzählte mir alles über den Zwetschkenbaum, den Marillenbaum, den Sauerampfer, den Hühnerdreck, die Kalkgrube, das Sauschlachten, die Osterzicklein und dass er noch nie einem Tier etwas zuleid getan – den Hühnern den Hals abschneiden war Omasache. Den Zicklein auch.

ROT IST DER TOD DAS TÖDLEIN DIE FRUCHT DAS HÄSCHEN NIMMERMEHR

Im Hintaus gegen Ostern. Reißt die Oma unvermittelt ihre Schürze über den Kopf und stürzt sich auf die feuchte Erde – komm her, komm her, Menscherl, komm her! Ich verstand nicht, warum sie sich zu Boden geworfen hatte, auf die Schürze drauf und auch nicht, warum ich auch und mich ebenfalls über die Schürze legen sollte und sie zu Boden halten. Zumindest das hatte ich begriffen und tat es ihr gleich. Sie stand auf – bleib so, fest, halt's fest zu, ich komm gleich, sagte sie und strebte schnell Richtung Haus. Die Großmutter verschwand hinterm Scheunentor und die Schürze unter mir zuckte, und ich – und schoss mir etwas hervor, unter mir hervor und pfeilschnell übern Weingarten und flugs übern Bahndamm außer Sicht. Als Großmutter aus der Scheune wieder kommend mich verschreckt sah, ließ sie das Messer dort. Mir war der Osterbraten entwischt.

Die Minnerl wäre die Weikertschlag-Oma, aber ist eigentlich die Raabs-Oma. Sie starb, als ich drei Jahre alt war, und mein Großvater, der auch aus Raabs war, heiratete schnell wieder eine kriegsverwitwete Tante Hermi samt Sohn und zog nach Weikertschlag. Auch Wilhelmine war in Raabs aufgewachsen, wo ihr Vater Gärtner war, die Gärtnerei war hinterm Schloss droben. Die Minnerl war lebenslustig, aber streng zu meinem Vater, den sie meist allein aufzog, und der einmal mit der warmen Zunge am Wintergeländer der Raabser Brücke picken geblieben ist und die schöne Bubenzunge musste mit lauwarmen Wasser vorsichtig wieder herunter gewaschen werden vom bitterkalten Brückenstahl. Meine Schwester hat keine Erinnerung an die Raabs-Oma, und ich glaube, ich auch nicht, außer vielleicht der an ihren weichen Popsch und der von den Fotos von ihr, wo sie nicht aussieht, als hätte sie Krebs. Allerhöchstens kann ich mich an ihre runden Formen erinnern, an die wohlbestallte Busenwoge, die mir vorkommt, wie der Manhartsberg, der Ausläufer der Böhmischen Masse, welcher das Waldviertel vom Weinviertel trennt. Von Wien aus *unterm Mannhartsberg* und *ob dem Mannhartsberg*.

Wien. Wo Wilhelmine wie auch Karl geboren wurden. Sie in der Khevenhüllerstraße 20, er in der Oswaldgasse 1. Minnerl war drei Jahre älter als Karl. Petricek heiratet Kubicek, g'führt haben's Jelinek und Prokopek, wurde in Raabs gesagt, als mein Großvater meine Großmutter heiratete, das ist Familienüberlieferung. Jelinek und Prokopek waren konkurrierende Fuhrunternehmer, jeder hatte ein Taxi im Fuhrpark. Ob Petri- oder Kubi-,

Petrus oder Jakob auf Deutsch, Minnerl wechselte bei ihrer Heirat bloß den vorderen Teil ihres Nachnamens, begradigt um Hatschek (háček) und dem der deutschen Zunge schier unmöglichen ř-Zischlaut.

SCHMACKOJE ? DOJEDOPSCHE !

Dieser weiche Klang. Schmackoje, das ist schmecken mit einer tschechisch klingenden Endung. Großvater sagte das Zauberwort immer dann, fragend und antwortend, wenn uns etwas gut schmeckte. Schmackoje? Dojedopsche! Ich hörte das Tschechische daran. Aber wie schreibt man es richtig?

Ich bin der Körper, und Kamp und Thaya sind mein rechter und mein linker Arm. Oder mein rechtes und mein linkes Bein. Beide haben ihren Abfluss in die Donau. Ich bin in Krems an der Donau, einige Kilometer von Etsdorf entfernt, geboren. Kamp und Thaya. Raabs und Weikertschlag liegen jedenfalls an der Mährischen Thaya. Raabs eigentlich an zwei Thayas: der Mährischen und der Deutschen, die sich in Raabs vermählen. Die Thaya war zu Kinderzeiten immer nur eine und meine Thaya und mein Kamp sind ein altmodisches Hetero-Paar gewesen: Thaya die Frau, Kamp der Mann. Als ich vor Jahren einmal in Freitzenschlag einen ortsunkundigen Sommerfrischler *die* Kamp sagen hörte, erzählte ich ihm vom männlichen Kamp, der hier in der Gegend fließe und fragte ich ihn, wo in Deutschland diese andere, weibliche Kamp fließe. Mein Vater Thaya und meine Mutter Kamp.

In den Himbeeren liegen oft Blindschleichen, erzählt
der Weikertschlag-Opa, wenn er mit zerkratzten Händen zurückkommt und wieder mal drüben war, durch
die Schlupflöcher des Eisernen Vorhangs an den üppi-
geren Stauden des Kommunismus genascht. Mehr oder
weniger absichtsvoll der Grenzübertritt. Für die Heidel-
beeren saßen wir in den Wäldern auf der österreichischen Seite. Stundenlang, die Überkleider abgelegt in
Unterwäsche. Und querten sprechende Frösche unsre
Schenkel im weißen Feinripp, das blaubefleckt nie wieder reinweiß wurde, jeder Persil-Werbung zu trotz. Man
saß da und weidete mit der Hand, mit einem Beeren-
kamm, hatte dunkelblaue Mäuler und Finger vom Weg-
zupfen der Heidelbeerblätter und bewegte sich erst ein
Stück weiter, wenn im Umkreis der Arme keine Beeren
mehr waren. Des Weges kamen Krause Glucke, Goldgel-
ber Zitterling, Ziegenlippe, Gelbfuß und Schopftintling
und andere stumme und surrende Gesellen, man hörte
waldverstärkt die Stimmen der anderen Sammler, die
in sirrigen Lichtflecken fokussiert zuweilen aufleuchte-
ten, und vom wandernden Licht jäh durchs Astgefieder
der hohen Tannen gestochen, plötzlich ganz woanders
wieder geortet, der Wald verschob auch ihre Stimmen
zwischen seinen Stämmen wie es ihm passte, und echo-
te sie nah, wo sie doch ferner waren, wieder ins Insek-
tensummen, ins Gedankengekreuch, ins Vogeltirillieren
und lag dabei flach im Beerenfeld und kniff die Augen
zusammen, oszillierten die Baumwipfel prismatisch
und marschierte die halbe Waldfauna einem übern Leib

und der Hirschkäferkönig wähnte seine Liebste hinter meinem linken Ohr.

ABER FÜR EINEN KÜBEL HEIDELBEER GIBT'S MEHR

Wir fuhren mit Großvater in der silbernen Borgward Isabella über die staubigen Landstraßen nach Karlstein, nach Ziernreith, nach Großau, nach Münichreith, nach Koggendorf, Zabernreith, Eibenstein, Groß-Siegharts, Raabs und Drosendorf und jedes Mal zog der Steinschlag eine genaue Untersuchung des Lacks nach sich. Der Steinschlag war beim Autofahren allgegenwärtig. Einmal musste ein Hase dran glauben. Großvater war allein ausgefahren und zog den Hasen aus dem Kofferraum unter Schichten von Zeitungspapier hervor. Der arme Tropf hing, leblos von seinen Hinterläufen bis zu den leicht zitternden Bartspitzen, wie unverletzt. Später sah ich zu, wie ihm, an allen vieren an der Innenseite des hölzernen Garagentors mit je einem Nagel befestigt – als erst die Vorderläufe angeschlagen waren, sah er aus wie der Gekreuzigte – das Fell über die Ohren gezogen wurde. Das war eine exakte, nahezu blutlose Arbeit und erinnerte mich an das Nassrasurritual meines Großvaters, dem meine Schwester und ich beiwohnen durften. Wenn er mit der Klinge die erste Straße über die Seifenwange fräste, das war spannend, und welche Grimassen er machte, wenn er die Haut dabei dehnte und zog. Wie er das Fell vom Fleisch trennte, nicht minder. Herz, Leber, Lunge, die Gedärme separierte. So splitternackt sah der Hase aus wie jener auf dem riesengroßen, chaotischen Stillleben, das im schönen Zimmer über dem Schreibtisch hing. Dort standen auch die Porzellandosen mit aufgemalten zarten Goldsternen auf den Sofalehnen, die Zuckerzeug enthielten und von denen meine Schwester zu sagen wusste, welche Sorte in welcher Dose. Sie waren mitunter leer, wenn ich nachsah, wenn ich auch naschen wollte.

WÄR' ICH SCHWARZ UND DU WEISS WER ICH WEISS DU BIST
WIE ICH

Furchtlos blickte ich den toten Tieren in die Augen. Heute noch fotografiere ich jedes frischtote Tier. Angefahren oder angefressen. Die Fischer an der Thaya interessierten mich der toten und halbtoten Tiere wegen. Ihrer Köder und ihrer Beuten wegen und wie sie damit umgingen. Ihre Brutalität, mit der sie mit Gummihämmern den Herren Fischen die Schädel einschlugen, empörte mich ebenso, wie sie mich faszinierte. Dass sie das durften. Es hatte etwas Obszönes. Und wie das Ködergewürm sich wand. Mir schien das Sauschlachten bei den Etsdorf-Großeltern irgendwie sozialer. Das war eine Gaude jedes Mal. Beängstigend. Das hörte ich mir aus der sicheren Entfernung meines Bettes an. Wenn in aller Früh der Fleischhauer kam, der auch ein Hauer war wie mein Opa, ging unten im Hof das Scharren und das Quieken los, die Angst steigerte sich und wurde greifbar, ich Kopf unter Decke. Sie sagten, mit der Harke, mit dem Schussapparat, was weiß ich, bis heute weiß ich es nicht. Man trollte sich im Pyjama mit verschlafenen Augen an den Frühstückstisch, der Milchkaffee schon lau, und tat, als interessiere einen das gar nicht. Der

Tod. Das große Ding. Das große Rüsselvieh war dann schon ausgeblutet, zwei Hälften, die man bestaunen konnte und flossen seine Bäche von Blut übern Hof, wichen dem reinigenden Wasserstrahl und der Fleischhauer längst über die Berge, wurden die Borsten von den Schwarten geflämmt, die Sau zerteilt, die Schürzen rot, das Lachen gestockt, befreit vom Wein, die Blunzn in großen Pfannen, die Speiskammer voll, die Grammeln, das Schmalz, Gott erhalt's. Saumeisen fliegen nicht.

Man geht nicht mehr in den Kindergarten, wenn man einen Schul-Setzkasten hat. Warum war das erste Wort, das ich auf die Zeilen des Setzkastens stellte, nachdem mein Vater mir ihn aus dem Keller herauf geholt hatte, warum war es ABER ? Ich schreibe weiter, füge Buchstabe um Buchstabe aus den glatten Lettern einfache Wörter und Namen ABER KAMP UND THAYA erste Schrift ist immer ohne Widerhäkchen an ihren Strichenden, also serifenlos. Wie jene in dem Schulbuch WIR KÖNNEN SCHON LESEN Der Setzkasten ist grün, Tannengrün mit Leinenprägung, der nach unten klappbare Kartondeckel hellgrün, worauf ein gezeichnetes Kind in Matrosenanzug Schrift in die Fächer eines gezeichneten Setzkastens einträgt: Buchstaben-Setzkasten für Leseübungen von Lehrer Josef Weber ist der beste das Rufzeichen noch in der Hand (!) die Schreibhand in der Luft. In Handschrift meines Vaters steht mit Bleistift in kursiven Lettern mein Name daneben. Innen dann PETRICEK GABRIELE nichtkursiv mit blauer Tinte auf dem Steg zwischen Buchstaben-Register und Zeilen. Jetzt wieder warten die alphabetisch sauber geordneten Lettern-

schaften, Rudel von Groß- und Kleinbuchstaben, Satzzeichen, Umlauten, Diakritika, die Zahlen von 0–9 und
Buchstabengruppen wie Ai, ei, äu, eu, ch, sch, und St darauf,
den Zeilenstufen sinnvoll und lautmalend aufgesetzt zu
werden, geradeso als hockten sie auf Wehren, bibbernd
der Strömung trotzend.

Aber Kamp und Thaya. Sind meine Gliedmaßen, um-
fassten mich, umarmten mich, sie verschlangen mich
und meine Lippen waren oft blau, weil ich zu lang im
Wasser war. Wenn das Wehr in Weikertschlag wenig
Wasser führte, baute mein Vater uns ein schönes stabi-
les Wasserrad mit einer Radnabe aus Holz und Schau-
feln aus mattblinkendem Aluminium auf Holzleisten
und erklärte uns, wie eine Mühle funktioniert. Denn
unsere Ururgroßväter waren gelernte Müllermeister gewesen. Wie unser Urgroßvater, unser Großvater, unser
Vater. Kamp und Thaya, Flüsse wie Wein und Mehl.

Ich erinnere mich, in Weikertschlag sagten sie *die* Wehr,
also jemand sei *an der* Wehr oder auch *am* Wehr. Oder
gebrauchten sie doch den richtigen Artikel – *das*? Die
Erinnerung ist wie ein Wasserspiegel bewegt und unbewegt, fischreich oder nicht, durchaus sturzbachartig,
veränderlich jedenfalls. Nach Primmersdorf fuhren wir
nie, mit meinem Großvater nicht und auch nicht mit
meinem Vater. Viel später, als eine Künstlerin mich dort
hin brachte, weil ich zu deren Ausstellung, die in dem
ehemaligen Schüttkasten eingerichtet werden würde,
einen Essay schreiben sollte, erwähnte ich Primmersdorf meinem Vater gegenüber. Er hatte es vergessen.

Erinnerte sich dann doch wieder. Es müsse dieser Ort sein, jenes Gut, auf dem sein Großvater einmal Verwalter gewesen war. Eine Mühle hätten sie in der Nähe betrieben, es gab keinen elektrischen Strom, Die Wiesen waren üppig und saftig, einige Mühlen hintereinander im Grund, eine helle Enge, in einem günstigen Winkel zum Sonneneinfall. Ausgediente Bauwerke, sorgfältig restauriert, Domizile Zurückgezogener, spartanisch eingerichtet wie ausgerichtet. Erschließt sich nicht jedem solch bescheidener Luxus. Und durfte ich mich in den Arbeitszimmern meiner mehlschweren Ahnen aufhalten, an deren weißgekalkten Wänden Kunst wucherte wie Efeu, und draußen auf den Wiesen davor mich in saftigstem Klee dem Gegluckse des Mühlbachs überlassen –

ES KLAPPERT DIE MÜHLE AM RAUSCHENDEN BACH KLIPP KLAPP

– das sich anhörte wie Zungenbrecher oder Sprichwörter, wie Bauernregeln. Sie erzählten von Napoleon, einem kauzigen Alten, dessen Hinterlass, der verlotterten Mühle. Napoleon. Der Name löste etwas aus. Ich erinnerte mich. Napoleon, Verehrer meiner hochbetagten Tante, eigentlich Großtante, jener ledig gebliebenen, exzentrischen Tante meines Vaters, mit deren Silberbesteck ich esse, und mir ihr böhmisches Lusterkristall dabei leuchtet. Erinnerung facettiert. Sie hieß Stefanie, wir nannten sie Steffi, ich erinnerte mich, sie von Napoleon erzählen gehört zu haben, früher. Ich lief zu ihr, selten genug, sie war noch in ihren Geschichten, die unablässig Variationen mäandernd oder immer wieder unbeirrt das gleiche Bett suchend aus ihr flossen und sie erinnerte sich aufs Stichwort an ihre Spielplätze in Primmersdorf, an den Schüttkasten, in dem sie als Kind nicht spielen durfte, und ihren Vater, meinen Urgroßvater mit der dicken Uhrkette am Bauch, die ich von den Hochzeitsfotos meiner Eltern kenne.

IM KLEE STECKEN ZWI E WIE SCHWESTERN

Wir spielten gern Scrabble im Nebbel, sagte meine Schwester, als ich ihr das alles erzählte. Es gibt diese Familiencodes, die niemand sonst versteht und wir veralberten das Müllerlied immer schon zum Apothekerlied: Äskulapert die Natter am heilenden Stab schnick schnack ... Meine Schwester hat mir manche Geheimnisse lange nicht erzählt. Als ich sie dann erfuhr, wurde mir meine Familie prismatisch gefächert.

ICH BIST DU NICHT SOWIESO

Weit voraus gegen den Himmel sehe ich den Großvater am Hügel mähen. Sein Kalmuck-Janker liegt herunten am Roan über einer Flasche Haustrunk und einem Stück Brot. Er schreitet. Schwunghand und rechtes Bein voran. Regelmäßig Halbkreise. Seiner abgezirkelten Bewegung fällt das hohe Gras ins Schnittgeräusch wie berechnet im Weitergehen tritt er nicht drauf. Ich schaue in die Luft, drehe wild um meine Achse, lasse mich fallen, bleibe liegen, höre den Arbeitsrhythmus.

SCHNITT. SCHNITT. SCHNITT. DAS AUSHOLEN HÖRT MAN NIT.

Ökonomie der manuellen Arbeit. Bäuerliche Partitur. Sensschleifen. Gegen meine geschlossenen Lider sehe ich ihn die Sense aufstellen, den Wetzstein, höre das Senswetzen aufblitzen, hell und schnell, und das Sacktuch, den Schweiß von der Stirn, hör' ihn wieder mähn. Selten trifft die Klinge auf Stein, Misston mit Gänsehaut. Bald wird er fertig sein und herunter kommen. Dann teilen wir das Brot und ich darf auch einen Schluck Wein aus der Flasche trinken.

Denn man schreibt es so: schmackoje? To je dobře! Ich lautmale einem deutsch und tschechisch schreibenden Schriftsteller mein Kinderwort. Meine Zunge tut sich schwer. Er übt mit mir, es richtig zu sprechen. To je dobře. Mein Urgroßvater soll das Tschechische beherrscht haben. Als Zweitsprache. Das Tschechische wurde in unserer Familie nicht besonders wertgeschätzt, später war da hinter der Grenze auch der Kommunismus, was die Wälder hinter Raabs, hinter Weikertschlag hermetisch versiegelte. Mit Stacheldraht, Wehrtürmen und scharfer Munition. Der Sohn der zugeheirateten Hermi-Tante kontrollierte die Grenze und hatte ein Gewehr, an Samstagen ging er zum Tanz und meine Schwester und ich durften für eine halbe Stunde und auf eine Limonade mitgehen, bis uns die Eltern oder der Großvater mit der Borgward Isabella abholten. Zuhause klipsten wir uns die Haare zu Sechsen und schoben sie festigersteif weit in die Wangen, und schoben unsere Röcke zu Miniröcken und schoben den Twist mit unsren Kinderhüften und schmauchten am Tag drauf im Kukuruzfeld hinterm Blumengarten, in dem ein buntes Gladiolenheer (Gladiatoren, sagten wir) der Plakette für den schönsten Garten entgegen Habtacht stand, erste Zigaretten aus Kukuruzblättern. Mit Puder drin, damit die Sache zumindest ein wenig Staubdampf machte, wenn wir rein bliesen. Wegen der aus den Maiskolben ragenden Bartbüschel, die unter den Hülsenblättern die Körner feuchthaarig umschließen, rissen wir viele Kolben ab und steckten die grünblonde Pracht als Haarmähnen auf unsre Köpfe. In unsre Achseln. Die aufgebrochenen Kolben ließen wir achtlos am Rain liegen. Als ich am Abend mit meinem Großvater entlang ging, schimpfte er über die Lausbuben, die den Bauern die Felder verwüsten. Ich sagte nichts. Die angebissenen Kolben sahen waidwund aus. Oder totgefahren.

In einem Winter viel später fuhr ich aus beruflichen Gründen oft ins Waldviertel. Mit der Bahn. Wurde von jenen, die ich treffen wollte, sie zu fragen, warum und wie sie als ursprünglich Nicht-Ansässige ins Waldviertel gekommen und geblieben waren, an Bahnstationen abgeholt: in Gmünd, Waidhofen, Raabs, Drosendorf, Zwettl, Gföhl, in Gars am Kamp – und kam dort hin, wo sie sich niedergelassen hatten, entlegene Orte mitunter, wiewohl der Kommunismus seine Grenzen und sich selbst vergessen hatte: Mostbach, Heidenreichstein, Weikertschlag, Fratres, Drosendorf, Rastenfeld, Pfaffenschlag, Weitra, Jaidhof, Waidhofen, Primmersdorf, Pürbach. Ich hörte ihre Lebensgeschichten und sammelte waldvierteltypische Belege für ihr Dasein als brauchbare Exponate für eine Ausstellung, deren Titel „wald, etc." war, und in der es um eigentümliche Facetten des Waldviertels ging. Überall erhielt ich auch Antworten und Hinweise auf meine Herkunft. Und auf die Weltgeschichte.

Eine zeigte mir Schloss, Stammbäume und Archive, eine andre ihr Gemüse aus rarem Saatgut. Einer zeigte mir Bücher und Bäurinnen, eine andre Gummistiefel, Kamine und einen Karzer zum Wohnen. Eine zeigte mir ihre Brieftaubenzucht im Lustschlössl des Klosters und die feinversponnenen Bilder von Arnulf Neuwirth, dem ich als Kind begegnet war und an dessen mit Feen, Einhörnern, Faunen und Kobolden besiedelte Bilder ich mich erinnere. Einer zeigte mir jene Stelle im Gebälk, an der bei Kältepoltemperaturen im Dachstuhl darüber das unberechenbare Fatum 's Wasser ausleert, das augenblicklich g'friert. Das schüttende Fatum wurd' nie gesehen. Der skulpurale Eisstoß – mitten am Dachboden, und keine Wasserleitung. Wenn's dann taut, tropft's aus der Zimmerdecke. Ich ließ mir Fotos davon zeigen und dann auch den Dachstock, der war leer und dicht. Ich fand alles glaubhaft, denn der Eigner ist werktags Realist und Rocker, nennt sich Zappa. Einer zeigte mir seine ausgeackerte vorsintflutliche Venus und sein Museum. Eine ihr neues Atelier in der alten Scheune, eine Architekturikone. Eine ihre Keramiken und ihre Pferde und einer seine Frau und ihre Wölfe. Noch eine ihre Initiative für den Waldrapp, jenen zeitweilig für ein Fabeltier gehaltenen Ibis-Vogel, früher am Menüplan des Klerus, abgebildet im Waidhofener Stadtbuch von 1383, ausgerottet beinah. Und einer zeigte mir sein Theater.

Aus dem Teich ragen drei Karpfenkörper raus, vertikal, zwischen Seerosen seriell und in einer Fluchtlinie auf blattlispelnde Bäume und Gestrüpp zu angeordnet, worin gesichtslos ihre Häscher stehn. Ein Sujet aus Fotomontage und Zeichnung. Im Vordergrund der Kopf von Albert Einstein zungezeigend das Wasser überm Kinn. Konzentrische Kreise um ihn rum. Das berühmte Bild des Physikgenies, für ein Theaterplakat im Waldviertler Hoftheater in Pürbach verwendet, als man *Die Physiker* von Dürrenmatt am Spielplan hatte. Welttheater. Das Plakat, das lange schon in meiner Besenkammer in Wien hängt, erinnert mich an meinen Großvater, der seinen Schnauzbart wie Einstein trug. Und erinnert auch an die Badeausflüge an den Stausee Ottenstein, wohin die Borgward Isabella unsre ganze Familie trug und Großvater mit uns schwimmen übte. Bei jedem Staubsaugergang ein Gedankensplitter, ein Wasserspritzer von dort her

AUCH IM SEE STECKEN ZWI E WIE SCHWESTERN

Ich komme auf die Landkarten zurück. Wie die Uhren Zeit anzeigen, zeigen sie Raum. Abstrakt und begrifflich. Zeit ist das, was man an der Uhr abliest, sagte Einstein. Ich telefoniere mit einem beamteten Landvermesser, um den exakten Verlauf der östlichen Grenze des Waldviertels aufzuspüren. Die ist nicht eindeutig. Nicht parzellenscharf wie die Grenzen von Gemeinden, Katastralgemeinden und Grundstücken. Keine bürokratische Überordung, keine Ideologie, Mythos eher. Zugehörigkeitsgefühl und Ansicht auch. Oder touristische

Konsum-Vermittelbarkeit, der zufolge Grenzgemeinden sowohl zum Waldviertel, als auch zum Weinviertel zählen, was in touristischen Publikationen durch indifferent gezogene Grenzlinien kaschiert wird. Tatsächlich fällt Etsdorf gemäß Katastralregister dem Waldviertel zu. Die Topografie aber: Nachdem der Beamte und ich unabhängig voneinander, die östliche Grenze des Waldviertels, er vom Süden her, ich vom Norden, über Bergrücken nachvollzogen haben, ruft er zurück. Und ich surfe mit dem Landvermesser auf unseren Computerscreens, er in St. Pölten, ich in Wien. Wir stoßen auf die Karte von Georg Matthäus Vischer von 1670.[1] Die Karte ist verzerrt und voll von kunstfertig gezeichneten Schlössern und Klöstern, erinnert eher an die feenbevölkerten Bilder von Arnulf Neuwirth, der hundertjährig im Vorjahr in Eggenburg starb. In einem ist die Vischerkarte haargenau und weist drei Markanten der Grenze aus: in der Mitte *Der Mannhartsberg,* unterhalb gegen Süden ist es der Kamp und gegen Norden *Der Spittel Berg.* In gewisser Weise ist die Karte von Vischer die genaueste. Eindeutig. Laut Kampverlauf gegen Donau zu gehört Etsdorf dem Weinviertel. Immer schon.

Vor langer Zeit bin ich mit Fausto in den eisenkalten Kamp getreten, der in Zitternberg durch seinen Garten floss. Wir sotten Hallimasch den Rachenkratzer und brieten den rotmilchenden Edelreizker, der uns den Urin färbte, was bedenklich aussieht, aber wir legten uns mit unsren Bedenken ins Bett und vertrauten einander.

Als ich für eine Erzählung einen unwirtlichen Ort such-
te, fand ich auf der Landkarte Wohlfahrts, wo ich meinen einzelgängerischen Protagonisten, einen Steinmetz,
durch den Truppenübungsplatz Allentsteig hinfahren
ließ. Als er von seinem Besuch bei seichten Damen dort
zurückfuhr, die er allerdings nicht antraf, da sie gerade den Vatikan besuchten, fand er eine wunderschöne
verunfallte Frau, schier vom Himmel gefallen, die er
in einem Kühlhaus im tiefsten Waldviertel einsperrte,
ihre Schönheit zu erhalten und als Schaufensterpuppe
zu entwerfen, die ihn aber narrte und seinem vorbereiteten Grabstein sein bevorstehendes Sterbedatum ein-
meißelte. Im nächsten Kapitel erfand ich eine Schneide-
rin, welche an diesen Steinmetz denkt, den sie einmal
kannte. Bevor ich Schriftstellerin wurde, lernte ich das
Schneiderhandwerk und das Zeichnen von Modefiguri-
nen. In meinem ersten Schul-Lesebuch steht

SCHAU, VATER, SCHAU!
ICH MALE EINE FRAU,
ICH MALE EINE SCHÖNE FRAU.
SCHAU, VATER, SCHAU!
DAS IST DIE MUTTER.

Auf den Rückseiten der Buchstabenplättchen im Setzkasten stehen die jeweils selben Buchstaben in Lateinschrift,
Schrift fließend wie mäandernde Flussläufe. In der Schule verwendeten wir den Setzkasten nicht mehr, seitdem
wir mit unsren Füllfedern die Buchstaben flüssiger auf
die Zeilen setzten und die Finger bekleckerten. Der Tin-
tenfluss ließ sich noch von der Kleidung ablesen.

Karl, Johann, Minnerl und Anna. Und die exzentrische Stefanie. Sehe ihr Lachen, höre ihre Stimmen, ihr Sprechen, sehe sie arbeiten, sehe ihre Bewegungen. Meine Großeltern haben sich längst verflüchtigt. In ihre Richtungen, aus denen sie kamen. In alle Winde. Zuerst in den Osten, Jahre später dann in den Süden, Norden, in den Westen zuletzt. Dorthin bald meine Mutter der ihren nach folgte. Mir, meiner Schwester, meinem Vater zu plötzlich.

Mein Vater lernte die Müllerei, war später mit dem Bau von Getreidesilos befasst. Auch meine Mutter, die Weinhauerstochter, hatte mit Getreide zu tun. In der Börse für landwirtschaftliche Produkte notierte sie den aktuellen Preis des Getreides. Protokollierte am Börsetag, mittwochs, was die bedächtigen, netten Herren Börsianer im Großen Börsesaal ausgehandelt hatten. Kam mit Erzählstoff nach Hause. Mich betrafen diese Geschichten kaum, sie erzählte. Wir erfuhren die Begleitumstände, von denen der monetäre Wert des Getreides abhing: Hochzeiten, Hagelschläge, Todesfälle. Bei stürmischem Wetter wackle die Demeter-Plastik am Dachgesims der Getreidebörse, eines Gründerzeitbaues in der Taborstrasse in Wien, bedenklich, sagte sie. Und manchmal drohe die Demeter herunter zu fallen.

Meine Geburtsstadt liegt an der Donau, die meiner Schwester am Inn. Meine Eltern zogen in Städte. Zuerst nach Innsbruck und später nach Wien. In den letzten

Jahren bin ich auch wieder an beiden Flussufern zuhaus. Inn und Donau. Ich reise viel. Wenn ich in Amerika bin, bin ich am Delaware, am Lehigh, am Hudson, am Clark Fork, am Sasketchewan River in Kanada.

Flüsse gibt es überall. Sie sind majestätisch oder still. Wild oder sanft. Murmelnd oder tosend. Zischend, grummelnd, zürnend, schnellend, nuschelnd und stehend fast. Ich höre ihnen zu.

ICH KANN ES SCHON !
SCH , SCH , SCH !
SCHNEIDERSCHEREN SCHNEIDEN SCHARF .
SCH , SCH , SCH !
SCHARF SCHNEIDEN SCHNEIDERSCHEREN .
SCH , SCH , SCH !

Flüsse sind Übergänge, Passagen vom Leben in den Tod, vom Tod ins Licht. Jeder Fluss ein Styx. Überall fließt das Waldviertel in mir. Thaya und Kamp. Wein und Mehl. Ich keltere, mahle Buchstaben daraus, lautmale sie wie immer schon, setze sie an und ein. Das Waldviertel ist das Hintaus von meinem Dasein in urbanen Städten, der Background. Und das Voraus gewesen.

GEMISCHTER SATZ UND GRÜNER VELTLINER

Auf der untersten Rille in meinem Setzkasten steht in ungelenker Lateinschrift mit Bleistift ein einzelnes Wort: Anker. Ich habe es dort hin gezeichnet, als wir den Kasten nicht mehr benutzten. Ich hatte es vergessen.

Daneben einen Dreizack gezeichnet. Die Linien der Lateinschriftbuchstaben auf den Rückseiten den Setzkastenplättchen finden nicht fugenlos zueinander, wir malten sie mit Tinte und zusammenhängend. Ich nehme einzelne Plättchen aus ihren Fächern, wende sie, schreibe die Lateinschrift und setze ihre Buchstaben an

Aber Anker

Meine Windrose.
Die Thaya war vorübergewischt, hatte genäselt im Flur.[2]

1 Georg Matthäus Vischer (1628–1696), als Geograf, Vermessungskünstler und Mathematiker hervortretender Geistlicher. In 510 Kupferstichen erfasste Vischer in der 1674 erschienen *Topographia Austriae superioris modernae* Niederösterreich, Oberösterreich und die Steiermark topografisch und in Ansichten von Schlössern, Klöstern, Städten und Orten. Die Vierteln von Niederösterreich wurden von Vischer erstmals definiert und 1670 kartografisch festgehalten. Von Wien donauaufwärts am rechten Ufer das *Viertl unterm Mannhartsberg* und das *Viertl ob Mannhartsberg*. Im unteren Kamptal, südlich des Manhartsbergs, des letzten Ausläufers der Böhmischen Masse, fließt der Kamp die Grenze zwischen Weinviertel und Waldviertel: die Orte östlich dem Weinviertel, jene westlich davon dem Waldviertel zugehörig, so, wie Vischer es in seinen Karten stach.

2 Nach Friederike Mayröcker

Ariel, ich und Floppy Sitting Hat

Der Mensch, der in seinem Zelt auf dem Boden saß
und über den Sinn des Lebens meditierte, sich seiner Verwandtschaft mit allen Lebewesen bewusst
wurde und seine Einheit mit dem Universum erkannte, dieser Mensch nahm in sich das Wesent-
liche auf, was Zivilisation eigentlich bedeutet.

Luther Standing Bear Oglala Lakota

Eben erst drüben noch. Hörte mich sagen, mein Name
sei Ariel Perutz. Im Windpark, kaum eine Autostunde
nördlich von Wien, behauptete ich falsche Fakten über
mich. Die Sonne blendete alle, man war interessiert,
einerlei – mich, Ariel Perutz, oder mich als Ariel Perutz
würde diese Gegend kaum wieder sehen.

Nun aber:
Hier herüben fliegen die *rainbirds* heute tief – regen-
dringlich. Dass es bereits tröpfelt, Einbildung. Kein
Gelüst nach Täuschung. Mitnichten. Aufgebauschte
Grauwolken schieben tief. Nein, es regnet nicht. Man
glaubte mir aufs Wort. Unbesehen meiner eigenen
Selbstzweifel an meiner Verkörperung. Augenblick-
lich schwand mein Erstaunen darüber und ich war im
Reinen mit mir selbst, biografieflexibel. Hier aber bin
ich jetzt wirklich. Frühling.

Hier schossen die Bäume ins Kraut, schlugen aus,
schlugen Blüten – weiß, elfenbein, rosa, rosé, mauve,
magnolia und fuchsia – Fuchs du hast die Gans ge-
stohlen, ich geb' sie nicht wieder her, die Blüten fallen,
schon bilden sich Farbkreise um uralte Stämme.

Ich stamme von den *Südlichen Paiute* am Little Colorado
River ab, sagte ich dort, wo ich heimisch bin. Ach,
Europa. Endemisch als eine böhmische Pflanze? Meine
Vorfahren doch transatlantisch behauptete. Ahnen.

Darwinfinken sind auf den Galapagosinseln endemisch, ihr Vorkommen weltweit nirgendwo sonst.
Hier stapelten anderntags Wolkenbänke hoch und
höher und noch höheren Nirvanen zu verstiegen sich
die Vögel alle.

Durchstöbere nach dem Einkauf bei *Nature's Way*
meine coins nach neu hinzugekommenen Wechsel-
geld, ¼-Dollars, *State Quarters:* Vermont, Mississippi,
Hawaii und – Idaho, endlich Idaho, die Münze mit
dem Wanderfalken. *Peregrin falcon,* ein echter Kosmopolit, besiedelt längst auch Städte, New York, *skyscraper*
als Felsen. Native Americans der *Mississippian culture*
(c. 800–1500) bestatteten hochrangige Mitglieder ihres
Stammes, deren Herrschaft über Lüfte und Himmel
zu versichern, in Kostümen die Falken darstellten. *The
Peregrine falcon reaches faster speeds (up to 242 mph) than
any other animal on the planet when performing the stoop.* In
den USA verschwand der Wanderfalke aus allen Bundes-
staaten östlich der Rocky Mountains. Drüben, wo ich

jetzt nicht bin, zog früher eine Falkin am Dach des
Nachbarhauses gegenüber in meiner Gasse Frühjahr
um Frühjahr ein Junges hoch. In immer mutigeren
Flugversuchen starteten die Jungfalken auf die Kamine
des Hauses zu in dem ich wohne, von Mutterrufen eindringlich gelockt. Seit Jahren nicht mehr.

Drüben noch, da ich mich sagen hörte ich heiße Ariel
Perutz, hatte ich vorgesorgt mein Rollenspiel höchst
glaubwürdig zu geben, eine stichhaltige, nachweisbare
Kurzbiografie im Detail. Beeindruckend.

Flaneurin und Nomadin, sagte ich, schwieg und dachte
weiter vielsagend der nächsten Frage redend erst wieder.

Dabei sitze ich nun hier in einer Villa am Delaware,
schreibend, und rundherum mähen die Rasen Nachbarn oder mähen die rasenden Nachbarn, und wie sie
hämmern und bauen, schleifen und streichen Fenster
und Türen und lärmerwärmt mein Herz nervenge-
reizt, herzen mich vögelübertönend *noises* –

– wo windbewegte Büsche, Sträucher, Bäume, deren
hiesige Namen ich nicht sagen kann, kronendurchbla-
sen, einerlei ob endemisch oder kosmopolit, in ihrer
Blütenglut sich versprühen, bienenharrend –

– sei ruhig, schreib' ruhig, mein Kind, in jungen Blättern säuselt der Wind –

– und wo katastrophale Bestandseinbrüche und erheblicher Rückgang der Eischalendicke vor sechs Dezennien zeitgleich oder nur wenig verschoben in weiten Teilen der nördlichen Hemisphäre verzeichnet wurden. In Europa starb der Wanderfalke in Dänemark, Polen, den Niederlanden, Belgien und Luxemburg und der Deutschen Demokratischen Republik bis Ende der 70er Jahre aus, die Bestände in Skandinavien, der Bundesrepublik Deutschland, der Schweiz und Österreich gingen bis auf wenige Paare zurück. Die Baumbrüterpopulation Mittel- und Osteuropas starb vollständig aus.

Theoretisch könnte es sein, dass die Welt etwas ganz Verschworenes ist, *take a walk on the wild side*.

Sprich mir nur nicht von Vögeln, von ihren Brutplätzen, von Gstett'n und von Ruderalpflanzen, wir sagen Unkraut dazu – zu dieser brachialen Naturgewalt, die Hausmauern durchbricht, Pflasterungen aufreißt, Ruinen überwuchert, Zeit in Schranken weist und alles Zivilisatorische verdrängt und überwuchert. Dieses dürftig Befriedete, das Großbrachen, hervorgegangen aus Zwangsaussiedelungen in dunkelster Zeit, heutzutage als Truppenübungsplätze an Nationen vermietet, deren Ernstfallproben das Vogelgebaren dort wegschießen und ausradieren, das in Monokulturfluren längst keinen Schutzort mehr findet.

windflache felder
blattflucht der bäume herbst er
schallt im rabenschrei

Ach Zivilisation, Ariel, ist der Stolz der Europäer. Was
dachtest du? Sagtest du?

Genau das. Ich sei am Little Colorado im stillen Auge
eines Zyklons zur Welt gekommen, sagte ich mutig
ohne mit einer Wimper zu zucken, als das Fragen um
meine Herkunft begann und der Name Perutz – irgendwann gehört, schon bekannt, irgendwie – ja, es
galt, ein Schlupfloch zu schließen. Entgegenzutreten.

Nein, eben nicht verwandt mit dem Schriftsteller Leo
Perutz, und wenn doch, um mehrere Ecken nur. Eher
nicht. Ich aber – Nomadin und Flaneurin, deren Vorfahren den *Südlichen Paiute* vom Little Colorado River
entstammen, im stillen Auge eines Zyklons geboren,
trage den Namen *Floppy Sitting Hat,* erklärte ich katego-
risch. Wir suchen Oasen im Regelwerk der Zivilisation.
Niemand zog das in Zweifel.

Von Einstein postuliert, Lichtteilchen könnten auch
Lichtjahre voneinander entfernt in Wechselwirkung
treten, *spukhafte Fernwirkung*, spottete der geniale
Physikdenker, wo doch nichts schneller als Licht –

über den feldern
nennwindgeschwindigkeit
flüchtet ein hase

– und wie der Ganzkörperspiegel, der mir hier in meinem *closet* durch einen kurzen einzigen Windstoß zerbrach, sich als Pistoletto Spiegel-Reenactments behauptet. Sorgfältig mit *Scotch Tape* aneinander geklebt seine Zersplitterung, und signiert. Ein echtes *fake* mein Selbstporträt, instantan im Messmoment wenn ich davorstehe und reinschaue. Ich strecke den Arm aus und berühre in den Splitterfugen meine eigene Figur. Mit einiger Fantasie lassen sich Schlupflöcher finden, die Verschränkung der Teilchen mit der klassischen Physik zu erklären.

In den frühen 80ern hätten, nachdem ich von ihnen erfahren und ihre Gegenden am Little Colorado bereist, die Nachkommen meiner indigenen Ahnen mir den Namen *Floppy Sitting Hat* verliehen, sagte ich im Windpark, und erzählte, bevor jemand nachfragte, das deshalb, weil ich diesen Nachläufern meiner Ahnen, die ein enormes Spielcasino mit präriespiegelnden Fassaden betrieben, von meinem Urgroßvater berichtet hatte, und weil ich dessen Hut trug. Aber das war beinah zu viel gesagt, also lüftete ich kurz den Hut, den ich immer noch trug, und ein Schwarm Vögel flog konzertant daraus hervor, nicht aber meine wahre Identität.

Lasst Gras darüber wachsen. Unkraut und Ruderalpflanzen sind wahre Freunde. Wie sie sich durch Ritzen bohren und Steine sprengen, wie sie uns hartnäckig verdrängen wo wir nicht ständig ackern und mähen.

twihüer-twihüer-twi – kurze Pause, näher dann – *twihüer-*
twihüer-twi – drei, vier Sekunden Pause – *twihüer-twi-*
hüer-twi – Pause – *twihüer-twihüer-twi, twihüer-twihüer-*
twi – näher – *twihüer-twihüer-twi* – näher näher noch –
twihüer-twihüer-twi, twihüer-twihüer-twi, twihüer-twihüer-twi
– höre ich fensternah die Vogelstimme aus dem Baum
mir eindringlich und verstehe nicht, welcher Spezies
Töne es sind.

der lüfte duften

über landesgrenzen geweht

geruchsmolekül

Der Wind, das himmlische Kind räderte im Windpark
quadratkilometerweit stoisch serielles Rauschen in
Bausch und Bogen würden Feldtiere verstört, Vögel
zermalmt, lägen ihre Leichen am Feld. Ariels, ins-
geheim auch meine, unsere Mutmaßung. Mitnichten.
Böten den Tieren Schutz allemal, in Windparks keine
Jagd und keine Vögel flögen in die Rotorblätter, deren
Spitzen bis zu 220km/h laufen. Windreservat.

Demzufolge einer US-Studie Windkraftanlagen für 0,27
getötete Vögel pro GWh elektrischer Energie verant-
wortlich sind, während Kohlekraftwerke durch Berg-
bau und Schadstoffemissionen mit 5,2 Vögel pro GWh
20mal mehr Vögel töten. Hörst du den Vogelschlag,
den Flügelschlag, den Aufschlag?

Rain. Vorm Haupteingang der Villa auf der *porch* wo ich eine *Camel* rauche rauschen Wasserfontänen. Hier fahren alle SUV. *A lazy rainy Sunday* aus allen Schleusen, scheibenwischergetaktet, vogelstill bis auf wenige durchnässte *sounds* unablässig Brausen in Regenrinnen. Nach einer in der Fachzeitschrift *Nature* erschienenen Studie gilt die Zahl getöteter Vögel durch Windkraftanlagen im Allgemeinen als vernachlässigbar.

> wiesenüppig ein
> falke ins luftsilber steigt
> rüttelt windberedt

Theoretisch könnte es sein, dass die Welt etwas ganz Verschworenes ist. Theoretisch wie praktisch ist das Prinzip des Naturschutzes ein westliches und entsteht aus Ausbeutung der Natur. Mich erstaunt: nur sieben der *State Quarters* haben *birds* eingeprägt – in diesem von großen Nationalparkflächen durchwirkten Staatengebilde. Suche bis nach Mitternacht im *Field Guide to Birds* den Twihüer-twihüer-twi-Rufer. Erfolglos. Ruft zweimal täglich um 8:10 a.m. und 8:10 p.m., vorm Fenster verdeckt im Baum, grünes Laubkleid, Gefieder.

Singt mir den Auftakt und den Abgesang des Tags sieben, acht Minuten – *twihüer-twihüer-twi, twihüer-twihüer-twi* – zuweilen, verschmierter die Töne – *twihüer-twiehüer-twier* – sonort der Baum hat Stimmgewalt.

Das Wetter rasch aufgeheizt nach den Eistagen die
Sonne im Dunst montagverhüllt aus dem Baum schallt
es rasenmäherübertönend – *twihü-twihü-twihü-twi-twi-*
twi-twi – *twihü-twihü-twi-twi-twi-twi* – *twi-twi-twi-twi* –
twi-twi-twi-twi – Triller-Variationen, Territorialgesang
im Gartenstadtgebiet – ist's der selbe Rufer noch, der
lockt, sind es Paare, zwei, drei oder mehr? Steh'n die
Magnolien in ihrem Grün inkognito nun längst – den
erhaschten *State Quarters* von Mississippi und Alabama
erblühen auf ihren Rückseiten Magnolienzweige – dem
Baum vorm Fenster schallt und hallt die Krone vom
Rumoren der Vogelgang darin –

– sei ruhig, schreib ruhig, mein Kind, in grünen
Blättern säuselt der Wind –

– beim Kofferpacken diesen Twihüer-Rufer entdeckt
und – enttarnt, sein Gesang von einer Lautstärke als
wär' er im Zimmer, schärfte meinen Blick dem Schall
scannte mich durchs blattschüttere Geäst des Trompe-
tenbaums vorm Ankleidezimmer. Das Schrillen nah am
Fenster in einem kahlen Ast – klein, astbraunes Gefieder, weißlich an Bauch und Kehle, sang sich die Seele
aus dem Leib, so viel Stimme in so wenig Vogel, fand
im *Field Guide to Birds* seine Art – *Eastern Phoebe* [*Sayornis*
phoebe], langschwänziger Sperlingsvogel der Unterord-
nung Schreivogel [*Tyranny*], autochthoner Amerikaner,
Kulturfolger, Insektenjäger und Einzelgänger, selten in
der Paarungszeit als Pärchen zu sehen, verteidigt sein
Revier mit lautem Schreien und gewagten Flugmanö-
vern, zieht im Winter in den Süden und war 1804 der

erste Vogel, der von John James Audubon beringt wurde
die jährliche Rückkehr ins Brutgebiet nachzuweisen –

– über Audubon wäre weit mehr zu sagen, nur soviel:
er schoss Vögel, bis zu hundert am Tag, verdrahtete
ihre Singkörper in lebensnahe Posen und zeichnete
sie, sein tausend Exemplare umfassendes Werk *Birds
of America* eine Bibel für Ornithologen und Zeichner
noch heute, Darwin sein Student –

– mit seinem himmelstürmenden Gesang fand der
Native American, der drüben nicht heimisch, aber
Weißbauch-Phoebetyrann genannt, auf keinem ¼-Dol-
lar Platz, diesem Gesangstyrannen kein *State Quarter*
– *his distinctive song is rough, whistled schree-dip, schree-dip,
followed by a descending schree-brr, often repeated when
male is attempting to lure a mate,* genau so: amerikanisch
phonetisiert eben.

– hörte am Abend dann *Eastern Phoebe* wieder und
gelobte im Furor anhaltenden Gesangs bevor er mich
umnachtete, halb im Schlaf schon, meine konspirative
Verschworenheit mit Ariel, *Floppy Sitting Hat. Ariel, now
that the trees are fully in their leaves I'd like to stay forever.*

Des Morgens das Bild des Ahorns im Fenster triftig
grün und dichter geworden seit ich hierher gezogen
bin, die Wände des Zimmers, in dem ich schrieb,
schlief und schrieb waren schon grün gestrichen, als
ich's bezog und endlich wachse ich raus aus dem Fenster raus über mich hinaus und hinüber in den Baum

und von dessen zuweilen sturmgebeutelten, meist windgewiegten Ästen verdeckt schreibe ich weiter, schlafe und schreibe und schreibe und singe ich – twihüer-twihüer-twihüer-twi –

Corona Bird

Gestern die Zeit stillstehen gehört. Die Vögel in den
Frühlingsästen vorm Fenster alle ihre Lieder erwürg-
ten. Zeiterstickte Flaute in meinen Räumen, die nicht
auffrischt, stoisch die Zimmer meiner Wohnung, in
der ich dem Ausdehnen meiner Zimmerflucht bei-
wohne. Unentwegt. Diese Stille hält mich still. Ein
Türschlagen, unten im Hof Schlürfschritte manchmal,
Bilder von früher im Götterbaum. Im Hinterhaus
gegenüber werfen die schieren Löcher der überstürzt
seiner Fassade herausgebrochenen Fenster die Frage
auf, wann und ob überhaupt die Renovierung des Hauses fortgesetzt wird. Früher kamen Stimmen von dort:
Babygeschrei, Musik, Gezanke. Das Abrollgeräusch von
Koffern.

Ostern. Der Papst allein auf weiter Flur. Römische Gesänge.
Spricht von Thanatos Gärten.

Die Wände meiner Zimmer durchlässig. Im Schreiben
wird die Wohnung eine Gegend in die Figuren und Geschichten eindringen, deren weitschweifige Areale ich
intuitiv durchforsche. Den Zufall trifft ein vorbereite-
ter Geist nur. Im Götterbaum vor den Fenstern lauern
Gefriervögel. Denen sterben die Lieder vom Schnabel.
Stillstand. Frist, die meinem Schreibzimmer eine Flü-
geltür schreinert. Tischlerfuge. Das Neuland dahinter
unbekannt, ich seh' die Gefriervögel im Stummbaum

nur. Sind's Greifvögel? Tippfehler? Tauben flügeln rachitisch. Anlanden auf Flachblechen. Auffliegen und Einfliegen in die Fensterhöhlen gegenüber. Der Götterbaum wird die Fensterlöcher verdecken, invasiver Neophyt aus China, treibt bald aus, wird mich mit dichtem, feisten Knospen entrolltem Blattgefieder vor frechen Fenstermäulern schützen, gleichwie ob von dort mich jemand ins Visier nimmt oder nicht.

Dienstag. Wiederauferstehung schrittweise vom austriakischen Ringelspiel erstaunt.

Meiner Zimmerflucht entgehe ich nachts nur. Jenes Zimmer, aus dem durch die Türflügel mir tagsüber oft Sonnenlicht an den Schreibtisch fällt, kenne ich nicht. Leer, soweit ich weiß. Hätt' ich einen Blindenstock, würd' ich seine Wände entlangtacken, lidgeschlossen, tack, tack, wandentlang. Würden die Fensterhöhlen gegenüber zusehen. Deren Mauern durch's Sprossen des importierten Gewächses aus der Familie der Bittereschen bald aufplatzen. Die Samen durch Vogelverdauung geschleust sich überall durchsetzen. Die aufgehende Götterbaumsaat alles verdrängen wird, während ich Nachrichten abwartend Notizzettel fülle mit der Frage nach dem semantisch feinen Unterschied zwischen Rückgang und Rückschritt.

Donnerstag: Erosionsspuren in der Infektionskette. Weit entfernt von Herdenimmunität.

Ich gehe aus dem Haus, wenn der Götterbaum es nicht sieht, da er schläft und die Vögel darin auch sind ohnehin tot. Schwarzgekleidet im Kunstlicht der Kärntnerstraße Richtung Dom. Ich trete leise, atme flach und kaum, meine Sonnenbrille bietet Corona die Stirn. Niemand unterwegs. Eigentümliche Orgelmusik aus dem Kirchenschiff. Dem Schlund der U-Bahn entsteigt Faulhauch. Maskenzeit. Das Monoton der Rolltreppen steht, es ist erst zehn vor elf. Zurück zur Normalität sobald vorläufige Grabungsergebnisse zufriedenstellend.

Mittag. Totale Verdunkelung. Quarantäne kommt von 40 Tagen vor Venedig an Bord.

Menschenleere. Ein Polizeiauto. Verdrücke mich hinter aufgestapelten Sesselwällen in einem Schanigarten, fährt vorüber. Im Hinwegschreiten über die im Pflaster eingelassenen Umrisse der Magdalenenkapelle aus roten Steinen und jenen aus weißen Steinen der Virgilkapelle befällt mich das Gefühl, ich sollte diesen vergangenen Bauwerken ausweichen und mir nicht den Kopf an ihren imaginierten Wänden anrennen. Richte meine Glieder gerade, rücke die Sonnenbrille zurecht. Dabei nicht mit der Hand ins Gesicht fahren! Orgelspiel dröhnt aus dem Langhaus. Das Riesentor versperrt. Im Wenden zum Singertor winkt mich aus Entfernung ein Paar heran, das ich vorhin nicht sah, streckt der Mann über Meter einen Zettel vor, ruft, Jesus wolle mir etwas schenken. Ich nehme rasend Abstand, strebe der Pestsäule am Graben zu. Verwundert,

überhaupt gesehen zu werden, so schattenhaft und
heimlich wie ich mich mache.

*Freitag. Im Zeitstaub soviel Freiheit wie möglich, soviel
Einschränkung wie nötig. Gilt.*

Shutdown und alles wie immer: selbstgenügsam und
egoistisch für zwei keimte mir ohne meine Nachtgänge
kein Verdacht wir befänden uns mitten in einer Pande-
mie. Wird mir mulmig am Graben dämmert sein Verlauf im Covidmodus simmern Grablichter am Fuß der
Pestsäule. Ausgestorben die Seitengassen, trete doch
in die Habsburgergasse, wende abrupt: fliehen kopf-
scheu Lippizaner aus ihrer Lichtleere. Weiße Horde.
Stampede. Am Graben das Polizeiauto. Ich ziehe an der
Pestsäule, Menetekel im Virensturm, die Mantelflanken
enger, den Kragen hoch und gegen den Kohlmarkt,
der heller wirkt. Kohlmarkt, Michaelerplatz, und will
durch Reitschulgasse und Operngasse zurück in meine
Hinterhofbleibe auf der Wieden. An den römischen
Ruinen am Michaelerplatz fächern dunkle Gassen
auf, furchtbefallen die Reitschulgasse, das Polizeiauto
neben mir jetzt – mustert seine Besatzung mich aus-
führlich im Schritttempo, verdächtig, auch die Polizisten tragen Sonnenbrillen und müssten mich nach der
dritten Begegnung am schicken schwarzen Lackmantel
schon erkennen. Ich mache kehrt.

*Samstag. Wieder Sprechen und Hören von Todeszahlen übers
Balkendiagramm gebrochen.*

Tue was ich immer tue: wohnen und schreiben. Fasse im Surround geschlossener Lider Reisen ins Auge. Blicke von der Fondamenta Nove auf die Toteninsel San Michele, schau' auf der Isle of Dogs am Ufer der Themse gegen's Royal Observatory nach Greenwich und flanier' perspektivisch an den Schiederweiher, schneebedeckt der Große Priel, und weiter vom Manhartsberg an den Kamp, Kindheitsfluss, flutet an die Fondamenta San Giácomo, schau am Canale della Giudecca rüber gegen Fondamenta Záttere Ai Gesuati augenblicklich grenzüberschreitend oben am Delaware von Pennsylvania nach New Jersey, vom Gollub-Park nach Phillipsburg, und letztlich vom Molo Audace aufs Meer zeitenlang dem Horizont verwandt zoomt sich's aus schierer Gewissheit wellengeschäumt von weit drüben, weit überm Golf von Triest – Venedig: springt mein Fokus vom Murano Faro über San Michele an die Fondamenta Nove zurück wieder. Im Schreibzimmer auf der Wieden mir die Serenissima in Frieden vor Touristenhorden ausmalend. Wär' gern jetzt am diskreten Campiello del Sol am Schreibtisch dort. Lungere fernerhin in meiner Zimmerflucht als säß' ich am Lido und im leeren Zimmer durch die Doppelflügeltür hör' ich meine Böden knacken.

Corona update. Mittag. Montag. Beobachtungen am Manhartsberg erfolgversprechend.

Nicht aus der Erzählung fallen wenn Zeit sich dehnt zu Zeiten und Zimmer zu Weite fallen Erzählen und Leben in eins. Wohne ich, so schreibe ich. Schreibe

weiter, wenn der Tischler dem leeren Zimmer die
hässlichen einflügeligen Kunststofffenster herausgebrochen, neue Fensterstöcke gesetzt und die neu gezimmerten Doppelflügelfenster geliefert hat. Der virale
Hergang dehnt auch meine Geduld.

Guten Morgen mit Mundschutz. Achtung: Im Gesang der
Zikaden schallt erhöhte Virulenz.

Der Tischler am Telefon sagte die Fensterflügel sind
heut' nach Rom furtg'flogen. Verspätet zum Glaser.
Zwei Wochen nach Ostern. Alles dauere eben noch
länger. Ohnehin bleibe ich in Konzentration und gehe
bloß noch Lebensmittel einholen wie für vier. Koche
und höre Doktor Osten im stream aus Berlin. Virologisches. Er spricht auch während ich esse. Ich höre gern
zu. Genau genommen koche und esse ich nur an jenen
Tagen noch, an denen Doktor Osten Corona updates
spricht. Seit Ostern alle zwei drei Tage noch. Täglich
über die Wochen davor. Er spricht von Intensivverläufen, statistischer Übersterblichkeit, geografischen
Clustern, Alterskohorten, sagt, was nötig wäre: physische Ortswechsel cancicln. Ich verweile in meinen
Räumen. In Konzentration. Corona update nächsten
Dienstag wieder. Im gelegentlichen Knacken aus dem
leeren Zimmer vergesse ich zu essen.

Auf Jahr und Tag Pohanka kommt's nicht an. Die Gebiete des
Heidekorns im Graubereich.

Das Manuskript fertigstellen, erfahren, was in London passierte. Ich braue einen Mokka und habe am Klo einen Einfall – And what if London were like Venice? Die Stadt geflutet, an der Stazione di Pancras eine Gondel. Vom appointed gondola-man durch Wasserstraßenzüge gerudert, gleitet das Gefährt durch den Canale del Regente, über Lago di Piccadilly und Rio Piccadilly an den Lago di Hyde, weiter über die Piazza Grosvenor an Palazzo Buckingham, Cathedral di Westminster und am Palazzo delle Horse Guards vorbei dem Rio di Mall zu und über Rio di Haymarket zum Lago di Trafalgar, wo der gondola-man das Schiffchen souverän in den stark vaporettibefahrenen Grand Canal schwenkt, an The Banco and Palazzo di Royal Exchange und an der Cathedral di St. Pauls vorbei, zieht gegen die Giardini di Covento, wo ich ihn entlasse. Später meine Zehenspitzen am Lago di Piccadilly ins Wasser tauche und dem anmutig überm Lago schwebenden Amor zuschaue, wie er unnötig Pfeile verschießt, während mich das geflügelte Wort – It's like Piccadilly Circus – streift, was bedeutet, hier geht's zu wie im Taubenschlag. Genau, sie gurren vor meinem Klofenster. Ich bleibe hier und werde das neue leere Zimmer erkunden und beschreiben. Ja! Und verschwenke mein Denken gleich ins Schreibzimmer wieder.

Im Morgengrauen Fährten legen. Schienen, denen Rost blüht, schön wie ein Virus.

In diesen Sommer fahre ich wie in ein zu eng gewordenes Kleid. Zu früh gelockerte Monate, denen ich Kälte wünsche, und mir, die viralen Turbulenzen hinter meinen neuen Fenstern zu stunden. Ich verreise nicht: nach Lunz, Hinterstoder, Villach oder Innsbruck, überhaupt ins Amerika nicht im Entferntesten. Das leere Zimmer mit Landkarten belegt und vom Abseits im Schreibzimmer den hergegoogelten Zielgebieten mit Bleistift Routen beigebracht, Rastplätze vermerkt und literarisiert, an kühlen Abenden dem neu gesetzten Kamin kräftig eingeheizt.

Dienstag. Zwischen Unkraut und blühenden Bäumen keine Hintergrundimmunität gehortet.

Simples Wohnen bescheidet die Erträglichkeit der Zeiten. Draußen der Feind, Kriegsgebiet der öffentliche Raum, die eigenen vier Wände beschützen vorm Virus, das die Zelle befällt. Meine Wohnzelle beschützt mich vor ihm. In dieser Klausur, profunde Überhöhung meiner normalen Zurückgezogenheit, realisiere ich endlich: Ich könnte größere Kreise ziehen.

Donnerstag ... und dem prosperierenden Weltuntergang entgegen. Wie ein Kinderspiel.

Verschieden große Runden in meiner Wohnung ziehen, nachdem ihre Räume geweitet zu Zimmerfluchten nun mehr anbieten: altbekannt die kleine Runde von Schlafzimmer über Flur vorbei an Kücheninsel durch Badezimmer ins Schlafzimmer zurück. Nun die größere Tour: rechts durch den Flur ins Schreibzimmer und vor der Schreibtischflanke links durch die

Doppelflügeltür ins leere Zimmer, wo Tischlerspuren und's Parkett papiergedeckt noch, beiläufig eine kleine Perserbrücke drüberschmeißen und diesen eröffneten Weg betreten. Noch rasch vorm aufziehenden Gewitter die Südfenster schließen, dann links vom Teppich in die schmale Nordostroute hinter der Glastür und die meterdicke Kaminmauer durchsteigen ins vorgelagerte bislang unkartierte, als Empfangszimmer geplante Gebiet vordringen, wo Urwald vermutet, Wildnis, die ich erkunden und im äußersten Nordosten den längst angedachten Durchlass zur Wohnungstür schlagen will.

Sonntag. Das andere Gesicht zurückgewonnen. Was heißt neue Normalität jetzt genau?

Aus dieser Passage den Umweg über Kleine Badezimmer-Schlafzimmer-Runde steigen, so die Direktroute Urwald – Küche und der Durchgang bis auf Widerruf weiterhin gesperrt wegen Belagsarbeiten. Und aus dem hintersten Nordwest des Schlafzimmers diesmal gegen Uhrzeigersinn erneut in die Schleife übers leere Zimmer unterwegs stop'n'go vorm Götterbaum den aus der Küche mitgebrachten Proviant verzehren und gegen Westen kurzwegs ins Schreibzimmer zurück. Dort unter allen Umständen die exakte routengemäße Lagezeichnung meiner Wohnung fertigen. Letztlich erschöpft alle Bücher aus den Wänden jonglieren, Reiseführer und Wanderkarten rausfischen, all die seit meinem Einzug exponentiell angeschwemmten Italienkulturführer, Amerikaroadtrips, Erlebnisführer zu Griechenland, Bulgarien, Slowenien, Finnland, Ungarn und Uiguren, Rheinland-Pfalz, Taschkent, Samarqand, Nord- und Südtirol und der Slowakei, und weiß noch von welchen weiterhin entzogenen Landstrichen. Nichts weniger, als sämtliche Materialien zur Geografie zusammenschnüren, kurz ins Stiegenhaus treten, die fremden Welten vor der Tür ablegen. Sie auslagern, verleugnen zumindest bis ich's nächste Mal verreise. Überlegenswert, gleich ein Kurztrip zu Fuß zum Altpapiercontainer im Erdgeschoß. Was nicht mehr häufig vorkommt, so weit.

Die Werkausgabe am Montag vielleicht. Im Auge das Wissen verspricht Corona Besserung.

Ich sammle Zeitungsartikel und notiere hie und da Nachrichten aus dem Radio. Gelegentlich behaupten sich diese Meldungen, und begehren ernsthaft, mitunter recht forsch, als narrative Fakten Eingang in meine Fiktionen. Ebenso heftig, wie mir Landstriche meiner ausgewählten Rückzugsgegenden samt Lawinen schon ins Schreiben flossen und es sich einverleibten oder wilde Tiere: Raupen, Vögel, Viren, und ähnliches.

Anfang Mai. Die Pulkauer Aufzeichnungen liegen auf. Kaum mehr Infektionen im Osten.

Übernahmen jüngst vorm Fenster meines Hinterhofschreibzimmers große schwarzgraue Saatkrähen das Kommando, ihr Schreien und Krächzen nach Kasernenhof klingt, den Gesang der Singvögel übertönt, sie

vergeigen wird. Und nisten schon in den Schutträu-
men des Hauses gegenüber auch die Stadttauben —
     die stauben die tauben
     auseinander, wenn ich
     drauf schieß, weil mein
     Neffe mir seine
     Steinschleuder ließ.

Muss neues Gummiband einspannen, die kleine Ast-
gabel morsch und bricht vielleicht. Aber immer noch
diese Amsel, flüsterte mir die letzte im Haus verbliebene Nachbarin zu als ich vorige Woche zum Postkasten
ging. Immer noch dieselbe? Ja, seit Dezennien. Dieselbe Amsel sicher! Der hübsche schwarze Gelbschnabel,
der ihr seit Jahrzehnten frühjahr- und sommerlang die
Abende und die Morgen heitersinge. Ehe sein Belcanto
nicht beendet, stehe sie nicht auf, man gehe nicht mittendrin im Konzert. Höre eben der Nachbarin Fensterläden oben klappern. Wir lauschen der Amsel bei fast
jeder Witterung. Singt wieder, gerade jetzt. Corona
Bird.

Der Rehe Spiegel funkeln silberdunkel

für Adelheid Dahimène[1]

Adelheid denkt, sie lebt noch. Nein, so eine Lungen-
entzündung, an der stirbt man nicht. Alles real. Das
Bett, die Maschinen und das Tropfgestell, das mir
verbunden, mit meinem Leben verbunden ist. Wie die
Flasche atmet, kann ich sehen. Bald vorbei: das Nicht-
schluckenkönnen, das Stöhnen, weil im Brustkorb
alles zu eng. Als wäre man schwanger in den Rippen.
Zungenentlündung. Die Sprache geht wie immer. Hört
sich bloß verschoben an. In paar Tagen ist das vorüber.
Dann sind alle wieder Ohr.

Dann bin ich wieder zuhaus. Daheim in *Lews*. Daheim.
Klingt wie Dahimène. Das sprechen sie immer falsch
aus. Mit *e* am Schluss. Selbst geübte Radiosprecher
sagen es falsch. Dahimän, sagt man richtig: Das ist
französisch und den *accent grave* am ersten *e* hört man
auch noch in der Nichtaussprache des End-*es*. Im
Nachhauch. Der *accent grave* verändert die Qualität des
bezeichneten Lautes. Er ist sein letzter leiser Atemzug.

Am 28. November passierte es wieder. Da sprach ein
Moderator meinen Namen wieder falsch aus und be-
dauerte meine Angehörigen, weil ich am 23. November
gestorben sei. Alles falsch. Das war nicht ich. Ich lebe
ja noch, nur mein End-*e* ist gestorben. Ein für allemal

verbitte ich mir das: das *e* am Ende muss weggelassen werden. Man sagt auch nicht: Ich bin *daheime,* gut, das ist nicht französisch. Man sagt: *Daheim.* Wie *Dahimène.* Ich bestehe auf das Diakritische, wo es gehört.

Daheim konnte ich die Stiegen nicht mehr rauf und runter. Runter leichter als rauf. Alle sprechen das nach, das falsche End-*e.* Gleichwie ob Rundfunk, Verleger, Literaturhäuser oder Kollegen – alle dreschen sie mir ein End-*e* um die Ohren.

Noch lebe ich. Meine Figuren alle.

Sie hat nicht mehr atmen können. Ist weggeschlüpft in eine Konsequenzpräsenz. Hat es nicht gemerkt, ist hinübergeflossen in diesen Zusatnd, nein, kein Tippfehler, ein Saugfehler, ein Schluckfehler, Sprechfehler vielleicht. Aber –

kein Fehler, zu leben. Tode im *gridlock.* Gefeiert die Lichtpunkte.

Da wieder liegt ein totes *squirrel.* Totgefahren. Mit herausgequetschtem Darm und anderen Innereien, soviel Geweide in so einem kleinen Tier. Rosig, gelblich, dunkelrot. Ausgebreitet der Tiertod wie Eisbärfell, flachgedrückt der Kopf auch. Schwanzbusch windbewegt intakt. Die Innereien unzerquetscht, robust, das Äußere aufgeplatzt. Vom Zusammenprall.

Ich fotografiere es nicht. Das erste totgefahrene Tier, das seit Jahren ich nicht fotografiere. Die paar herausgepressten Eingeweide sind mir zu privat. Lunge und Herz liegen unter dem Fell. Der Schweif beatmet von der kalten Novemberluft, ich mach' einen Schritt zum Gehirn, wo der Aufprall – zwanzig Zentimeter entfernt.

Lungeneng das Raucherlos verteidigt, die Protestschrift, ihre *Rauchernovelle* erscheint im Frühling. Die Beschaffung der Virginias schwierig bis unmöglich, die Produktion eingestellt. Als der Virginia-Vorrat zu Ende ging, begann der *Sbrek*. Ich habe Wasser in der Lunge, sagte sie, ich atme schwer, die Stiegen in meinem Haus sind höher, ich gehe schwimmen in meine Badewanne im Erdgeschoß.

Dein Herz geräuchert, ächzen deine Rippenbögen und innen bist du schwarz, nur deine *Seele ist eine schneeweiße Windbäckerei*. Es sei keine Schande, so zu leben, sagst du und denkst, du lebst noch.

Häuser wie aus Märchen mit Spitztürmen und Erkern, Baywindows. Ich gehe auf der Pennsylvania Avenue bergauf. Oben auf der Paxinosa Road East über der Wasserscheide schon sieht man durch die Eingangstüren, durch die Einrichtungen, durch die unumzäunten Gärten, durch die Leben auf der anderen Seite in die andere Landschaft hinaus. Seit Adelheid in der Klinik ist, gehe ich viel und atme laut. Hier oben pfeift der Wind.

Kein Fehler, zu leben.

Der *Bresk* lässt sich umschreiben, abändern, wir
schreiben ihn weg, sagten wir zueinander am Telefon,
wohlmeinend und gläubig und ahnend im Herztief, es
unumstößlich und Adelheid blieb in *Selw* und ich fuhr
nach SUA ohne sie. Ich besuche dich, hatte sie früher
gesagt und dabei schon gehustet. Ich gehe im Dunkel
der fremden Straßen, seit Monaten bin ich hier, und
gehe in den immergleichen Straßen, schreite ihr über-
schaubares Netz ab, den College Hill hinauf. Er wird
mir bekannter. Ich gehe auch, wenn es hell ist.

Längst brennt dir ein Indian Summer in den Lungen,
hier zerstört er das Laub der Bäume prachtvoll Kana-
dischrot im Restgrün, Cognacgold und Sulphurgelb.
Die Blätter herab gefallen. Spät aufgebrochen, will über
die Wasserscheide hinüber, wo der Wald in den Häusern steht und die Rehe in Rudeln in den Gärten wie
ausgestopft oft unverwandt schauen.

Ich bin nicht tot, denkt Adelheid. Ich bin alle, die ich
geschrieben habe, wir sind viel mehr als ein Tod. *Bones
and skulls* zu Halloween vor den Häusern ausgebreitet,
Gärten voll mit Grabsteinen und Messern und abge-
schnittenen Händen und Köpfen aus Plastik. Die neu-
englischen Porches von Kunstspinnweben verspannt.
Jedes herabgefallene Blatt ein Tod.

Kein Fehler, zu leben.

Adelheid, denkt, sie lebt noch. Wandert auf leeren baumbestandenen Straßen. In der Spätsommersonne der Straßen überland: Für das frischtote Reh bitte ich zu bremsen, gehe zurück, fotografiere. Kein Zeichen von Verwundung, auf der Schnauze Fliegen, das Reh liegt nur. Nur liegt es. Ich zoome es. Es zoomt mich. Klick, klick, das Auge gebrochen. Das zweite Auge der Fahrbahn zugewandt, gebrochen. Die Fahrerin wartet, will weiter.

Adelheid denkt, sie lebt noch. Ich tue das auch. Der Gedanke ist die Membran, gegen die ich mich lehne, in die ich aushole, eingreife, und ihr Material buchtet wechselweise aus, auf ihrer und auf meiner Seite aus, wie eingeweidepralle Haut, wie Leben, wogegen sie ihre Hände legt und wir übersetzen den Grenzfluss und die Zeichen der Finger in Sprache, erfinden Figuren der Schatten und Schatten und Licht. Wer sagt denn, dass ich lebe. Wer weiß, auf welcher Seite leben Leben ist. *Gar schöne Spiele,* sagst du und meinst deine Zeichenschrift.

Wie leben geht: Lass den Atem durch dich durch wehen, als wär' er ein neuer Tag.

Wieder die Paxinosa Avenue hinauf, am Anfang ist sie nicht steil. Ich hätte die Cattell Street nehmen können, die Porter Street, die Reeder Street, die Brodhead, sogar die abgelegene Mixsell Street. Die Paxinosa Avenue war Gewohnheit. Es ist spät und die Straßen rutschen mir aus dem Augenwinkel, aus dem

Maßstäblichen wie aus dem Buchstäblichen, ich habe keinen Plan.

Sprache färbt die Wangen rot, sagt Adelheid, die mir im Abschimmer des Tages entgegen kommt und meine Backen tröstlich tätschelt wie einem Kind, worauf mir Tränen auf die berührten Stellen fallen, ihre Wangen so bleich und unerreichbar, schneewittchenweiß. Ich solle fröhlich sein, sagt sie, wir blieben Freundinnen und Schriftstellerinnen wie je, seit wir vor eineinhalb Dezennien in den Vorzimmern eines längst toten Präsidenten preisgeehrt aufeinander trafen. Sie hause jetzt allein in ihren Texten. Man könne sie lesen.

Wie wir durch die Nächte von *Niew* gehen und auf der Neulinggasse, kurz nach der Rechten Bahngasse eine Duschkabine steht und wir einander versichern, um diese Zeit sei es das absolut Normalste, auf das man treffen könne, und wir gehen durch die Duschtür und ich schiebe mein Fahrrad weiter bis zur Nr. 24, wo sie wohnt wenn in *Eniw*, wo ich mich auskenne, wie in meiner Westentasche, in einer anderen Straße aber wohne.

Später stand die Duschkabine erinnert dort, wenn, nachdem Adelheid wieder eine Lesung in *Iwen* hatte, ich sie nach Haus begleitete, keine Straßenbahn mehr fuhr. Weniger angeheitert als angefeuert von möglichen Zukünften, die wir vor uns auf dem Nachtweg ausbreiteten und von Sprache, fein geschliffen, die sie aus dem angedachten Haus am Meer im Süden her-

aus dem Sermon der Wellen spritzig gegenschreiben
würde.

Die Straßenzüge in *Weni* sind verwinkelter als hier, wo
sie einfach sind: Nord – Süd, West – Ost, ein Netz aus
Blöcken auf den College Hill hinauf und oben auf den
Fluss schauen, drüben das Ausland, wie sie sagen.

Ich liege flach am Rücken zugedeckt zum Hals und
atme. Sauge durch ein Loch in meiner Schädeldecke
Luft an und dem Strom durch meinen Körper quellen
Bilder zu: dein Schweinsbraten vor Jahren in deinem
Haus in *Wles* und der kalte Spaziergang den Fluss entlang und danach die Zehenspitzen am Zimmerfeuer,
und ich entlasse den Bilderatem durch die Fußfinger
wie Lungenflügel. Bleibe im *loop* – wie nimmt man
Kontakt zu einer Verstorbenen auf, meine Flügelzehen
atmen aus, mein Lochkopf ein, die Atemzüge ziehen
Trauer aus den Knochen wie Zugsalbe.

Adelheid denkt, sie lebt noch. In ihrem Haus in *Elsw*
steigt sie in die Badewanne im Erdgeschoß. Alles leichter. Ihre Lunge schwimmt neben ihr allein, langt nach
der Seife auf dem Wannenrand, wäscht sich sauber. Der
Brustkorb frei und groß, das Badewasser teerschwarz
vom Ausgeschwemmten, die Lungenflügel breiten sich
aus, steigen auf und fliegen mehrere Trocknungsrun-
den an der feuchten Luft im Badezimmer, schimmern
lichtdurchlässig, regenbogenfarben und im *Blitzrosa
Glamour* schlüpft Lunge inhaliert zurück ins Körper-
haus, Seele macht pneumatisch Platz, das Windringerl.

Warum weinen alle, wenn sie mich im Haus sehen, sagt Adelheid.

Es wird dunkel, in den Häusern gehen Lichter an, keine Menschen darin, nur Einrichtung, die Straßen entgleiten mir, die Häuser unbelebt, wie Glashäuser durchsichtig, Bibliotheken werden sichtbar vor leeren Fauteuils, die Straßen shiften, ich gehe die Brodhead in die Achthunderter hinauf und befinde mich abrupt vor dem Steilstück der Kemmerer Avenue, die weiter oben liegt, in paar Schritten wieder entgleitet und ich unten an der Ecke March Street und Reeder Street stehe, wo ich durch das kalte Geäst ins Ausland hinüber sehe, über die mächtige Stahlbrücke fluten rote und weiße Lichter.

Das *squirrel* hat mein Heraustreten nicht bemerkt, sitzt am Zaun, dann sieht es mich. Zu nahe. Statt zu flüchten, blökt es, produziert Töne ohne das Mäulchen zu bewegen, ohne sich zu bewegen, schnarrt, schnattert, schimpft, will mich vertreiben, ich bewege mich nicht, es wird lauter, empört, knarzt, springt doch auf einen Ast, lauter von dort runter, zeternd, den Baum hoch, zeternd zu mir runter pfeifend, innehaltend, gespitzt das Maul jetzt, ein Ärgernis in seinem Revier. Hier habe ich ein Haus.

Nachricht aus *Elsw:* lässt Dir sagen, sie meldet sich, sobald es ihr besser geht. Die Sprache wird wieder laufen, Stiegen steigen, einen Berg hoch stürmen und in einen Fluss springen, den Attersee durchschwimmen.

Adelheid denkt sich durch meinen makellosen Körper, der seit Jahrzehnten jünger wird. Ich ziehe die Straßenverläufe weiter in das Land Alter, sein wie *Orlando* eine Weile.

Kein Fehler, zu leben.

In New York fährt eine schnelle *subway* an einer langsameren vorbei, beide der Südspitze zu, gleichauf zeitlang, dann wieder schneller die andere. Zieht an mir vorbei, Manhattan ein Lungenflügel, Bronchien seine Straßen, Bronx, eine Stadtmaschine, die pulst von *cars,* Times Square, und eislaufen gratis am City Pond vor der Public Library, das Chrysler Building heute rotgrünorangegelb. Schnitt.

Post aus *Enwi* Tage später: ist vorgestern gestorben. *Buttermesser durch Herz,* fällt mir zu. Federleicht.

Ich gehe am Spätnachmittag die Lafayette Street am Nevin Park hoch, wo das tote *squirrel* liegt, hinter Weygand Drive, das ich nicht fotografiere, aber fokussiere, nicht fotogen sein Tod. Als ich das Auge aus dem Sucher nehme, verschiebt die Straße lautlos, saust, eine Spalte klafft, schließt eine andere Straße daran, und setzt fort die Porter Street bergauf um den rechten Winkel verschoben, wieder gegen Nordwesten gehe ich weiter, die Station mit dem rot glänzenden Feuerwehrauto Ecke Parsons Street taucht auf, ein Zug trompetet unten, er wird nicht entgleisen, seine Schienen führen ins Nahtlose, meine Schritte tasten, diese Straße verrutscht mir auch und fügt sich an die Shawnee Avenue, die über den Bergkamm führt, kaum Häuser mehr, silberdunkel blühen die Augen der Rehe Spiegel.

Thanksgiving ohne Truthahn. Schweinsbraten. Die kanadischen Wildgänse haben hierorts ihren Süden, füllen gegendweit den Luftraum mit gemütlichem Geschnatter. *Squirrels* laufen und springen vor meinem Fenster am Schreibtisch. Frage mich, ihre ruckartige Schnelligkeit beobachtend, wie sie schmecken würden. Kleine Squirrelbraten.

Die Straßen schieben wie wild gegeneinander, verkürzen, wie auf einer Drehbühne springe ich ins nächste Bild und schießt mir plötzlich die Hamilton Street entgegen, es scheint, als springe die Parsons Street über die McCartney Street und ich stehe in einem Ruck vor dem Gebäuderiegel des Sports Center und plötzlich oben an den Rängen von Fisher Field, dessen strich- und gegenstrich gebürstete Rasenstreifen flutlichtbeleuchtet menschenleer liegen. Ein *Football*-Feld. Das Stadion tobt, die Ränge leer, das Spiel läuft, eine Tonspur nur.

Kein Fehler, zu leben.

Und Adelheid denkt, sie lebt noch, nach Thanksgiving höre ich sie im *live stream* und den Redakteur vom Radio, der ihr 's Leben um zwei Tage großzügig verlängert, ihren Namen aber wie alle mit dem End-*e* verspricht. Im Hörspiel fährt sie in einem Zug, der durch Jahre rast ohne anzuhalten. Und Adelheid das Land Alter nicht erreicht wegen Grenzziehungen. *Genzünd-entlungen.*

Ich falle aus meinen Straßen in Schlaf. Die abgefallenen Blätter auf den Wiesen vor den Häusern mit Gebläsen zu Haufen verjagt. Windhilfe. Langer Atem. Fallen neue. Und aus dem Schlaf falle ich in die Straßen. Ich gehe sie weiter. Die Pierce Street und die Burke Street laufen um die Wette vor mir her, um abrupt in die 3rd Terrace der Hillside Avenue zu münden, das Raster löst sich auf, am Ende der Sackgasse – NO WAY OUT – stehen alle Tiere, die ich tot fotografierte und tragen ihre Verletzungen zur Schau.

Ach, ich lebe nicht mehr und ich habe das noch gar nicht bemerkt, oder ist es mir entfallen, denkt Adelheid einmal, als es längst nicht mehr von Belang ist. Ihre Figuren sind gestreut und aufgestellt. Hier kann ich schreiben und rauchen, soviel ich will, und sie beliefern mich sogar wieder mit Virginias, nächsten Sommer durchschwimm' ich den Attersee und wenn ich achtzig bin, mache ich Reklame für die Austria Tabak, wie ich das schon immer sage. Draußen höre ich das Meer rauschen. Ich bin daheim. Kein End-*e* in Sicht. Horizontlos und kein Fehler, zu leben.

1   Adelheid Dahimène (*2. Juni 1956 Altheim) hatte mich während meines Writer-in-Residence-Semesters am Lafayette College in Easton, PA, besuchen wollen, verstarb aber am 21. November 2010 in einer Klinik in Freiburg im Breisgau. Seit unserem Kennenlernen 1995 pflegten wir wöchentlich Telefonate, sprachen über Literatur, Politik, Beziehungen, Alltagsdinge und ihre drei heranwachsenden Kinder. Ihre Reisen zu Lesungen nach Wien wurden anstiftende Begegnungen durch ihre unvoreingenommene Diskutierlust, ihre Schaffensfreude, ihre großzügige Leichtigkeit, ihr frohsinniges Naturell. Dafür danke ich ihr.

Zitiert wurden folgende Texte Adelheid Dahimènes:

Rauchernovelle, Klever Verlag, Wien 2011

Blitzrosa Glamour, Gedichte, Klever Verlag, Wien 2009

Buttermesser durch Herz, Fügungen, Ritter Verlag, Klagenfurt/Celovec 2005

Sprache färbt die Wangen rot, Essay, am 13. August 2002 in Manuskriptform von der Autorin per E-Mail erhalten, erschienen in: *1000 und 1 Buch, Das Magazin für Kinder- und Jugendliteratur* No. 4/2002

Gar schöne Spiele, Roman, Wieser Verlag, Klagenfurt/Celovec 1998

Meine Seele ist eine schneeweiße Windbäckerei, Wieser Verlag, Klagenfurt/Celovec 1996

Des Unterbrechens Sinn ist das Weiterführen
Azumas Zen-Garten

Einige haben ihre dort geschaffenen Skulpturen mitgenommen oder verkauft. Manche Werke wurden später umgesetzt. Einige der Stein-Werke aber bleiben unverrückbar. Für immer, wenn schon nicht ewig.

Unverrückbar die von fünf jungen japanischen Bildhauern aus dem Steinbruch heraus definierte ‚Japanische Linie'. Eine ursprüngliche Kalksandsteinmauer im Fels. Zieht aus dem Bruchgelände gegen Nord zur kleinen Kapelle am Kogelberg hin. Reines Bergmassiv. 65½ Meter lang, fünf Mal an der Oberfläche sichtbar – wo der Stein aus der Wiese hervorbricht. Diese natürliche Steinformation wurde freigelegt, herausgemeißelt aus dem Fels und weitergedacht wo sie nicht ist. Unter dem Leitsatz „Ein Fluss ohne Wasser – des Unterbrechens Sinn ist das Weiterführen" lässt sie sich immer weiterdenken. Weit weit über sie hinaus. Immer. Über die Zeit und übers Burgenland hinaus – und übern Globus hinweg bis sie wieder andockt – hier, im Steinbruch von St. Margarethen. Unverrückbar auch ‚Cielo, terra e uomo' von Kengiro Azuma. Azuma kam später – erst im Sommer 1971, nach der Freilegung der ‚Japanischen Linie'.

An einem eisigen Apriltag vierzig Jahre später lasen Bodo Hell und Ana Schoretits vor dem und über den

Stein von Gerhard Rühm, ihres Kollegen, der einst beim Zwölftonkomponisten Josef Matthias Hauer Privatunterricht erhalten hatte. Hat Rühm selbst Hand an den mächtigen Quader gelegt? Haben seine Meißelschläge den Kalkstein gestimmt, weich gestimmt – durchlässig? Er hat ihm jedenfalls Text, keine Noten beigebracht. INNENEILTEINMANN enigmatisch. Man stelle sich vor – drinnen im Stein eilt einer. Herr Rühm, was haben Sie sich gedacht, das so lapidar zu behaupten?

Ich hätte mir im folgenden August über diesen inneren Widerspruch, einen kontradiktorischen Zustand, den Kopf zerbrechen und den Rühm-Satz-Stein anagrammatisch zerlegen, zerteilen, neu aufstellen können. Hinterfragen, ob da nicht Quantenpoesie im Spiel. Dann wurde mir der ‚Azuma-Stein‘ vorgeschlagen, in dem ich lesen könnte. Ja – in dem! Weder war mir der Name des Bildhauers ein Begriff – *Azuma* und *Kengiro,* klanglich ein Italiener vielleicht, oder ein Mexikaner, dachte ich – noch dessen skulpturales Werk, schon gar nicht sein Stein, in dem ich lesen sollte. Der musste eine Aushöhlung haben. Und darinnen könnte ich, so dachte ich, naturgesetzliche Konterpoesie zum Rühm-Stein INNENEILTEINMANN in Worte fassen, mithin LIESTEINEFRAUINNEN oder FRAUINNENLIESTEINE verstieg ich mich weiter in mein Gedankenareal.

Dass das Werk von Azuma in einer Grube steht, erfuhr ich, während wir von Rühms konkretem Poesie-Stein ausgehend den Hügel hinaufwanderten.

Stein für Stein entlang der drei vom deutschen Bildhauer Heinz Pistol in gerader Linie terrassiert angeleg-
ten Werke: eine leicht abgeflachte Steinkugel von 180
Zentimetern Durchmesser, paar Schritte weiter oben
ein dem Hang quergestellter Sarkophag-Stein mit drei
kantigen seine Seiten umlaufenden Ziehharmonika-Fal-
ten und auf der dritten Etage ein Raster von drei mal
drei Metern, arrangiert aus 36 Steinplatten.

Dort wandte ich mich um, von diesem gleichermaßen
erhöhten wie erhöhenden Standort weit ins Land zu
blicken, meeresgleich horizontlos gleißend an diesem
Tag. Paar Schritte noch, unwegsam und steil – stand
am Rand der Grube.

Unten eine steinumrandete Arena von zwanzig, fünf-
undzwanzig Schritten Weite, ungefähr zwei Körper-
längen hohen Wänden, steil abfallend, unregelmäßig
gebrochen. Wuchtig geschichtete Blöcke, da und dort
getreppt mit ein oder zwei seichteren, nichtsdesto-
trotz mit Umsicht zu nehmenden Einlässen und eins,
zwei, nein, drei mandelförmigen Längsschlitzen in
die man tasten könnte und die gemeißelt worden
sein könnten. Am Erdengrund verteilt drei Steine in
verschiedenen Dimensionen und Größen, annähernd
Kegel. Eine Eichengruppe im Rund und eine einzelne
Eiche am Rand. Rostige Blätter, Ästchen, kleine Steine
liegen ungeordnet herum. Erinnert in seiner Form-
strenge an einen Zen-Garten. An ihren Basen amorph,
verlaufen die drei von regelmäßig-feinen Querrillen
durchzogenen Steinkörper in verschieden steilen

Winkeln in wohl einst scharfe, nun wetterabgerunde-
te Spitzen.

Ich stieg hinunter. Der größte der Kegel so hoch wie
ich. Azuma, sagte ich und hockte mich hin. Entlockte
diesem Namenwort seine mögliche Tätigkeitsform,
azumare. Wiederholte es mit meinen Händen und mit
geschlossenen Augen an der Wand der Grube entlang
streifend bis die Finger einen Längsschlitz erfassten,
azumare – azumare probierte ich den Klang meines
erfundenen, möglicherweise italienischen Wortes im
Steinrund weiterhin und fand im *azumare*-Tasten den
zweiten, den dritten Schlitz in der Wand. Den Vierten
auch, aber der war der Erste wieder. Ich öffnete meine
Augen und las nach: Der Bildhauer Azuma war Japaner
gewesen.

*Der Krieg endete vier Tage nach dem Kamikaze-Tod meines
Freundes Hida,* wurde Azuma zitiert. Mit dieser Zeit-
angabe hatte er sich auf den 9. März 1945 bezogen,
Tag des größten US-Luftangriffs auf Tokio, der die aus
Holzbauten errichtete Stadt vollständig zerstörte. Bis
unmittelbar vor dem US-Bombardement wurden gegen
amerikanische, britische und australische Kriegsschiffe
Kamikaze-Angriffe geflogen.

*Wir gerade 19jährigen Piloten waren indoktriniert, einge-
schworen auf den Tennō, den Gott-Kaiser. Um ein Überden-
ken zu vermeiden, reichte der Treibstoff nur für eine Strecke.
Der Kalender entschied über den Einsatz als Kamikaze-Flie-
ger. Meinen besten Freund Toshio Hida traf es eine Woche*

vor mir. Vier Tage nach seinem Opfer endete der Krieg, sagte Azuma, der am 12. März 1945 neunzehn Jahre alt geworden war.

Kamikaze bedeutet „göttlicher Wind" oder „Hauch Gottes" und stand ursprünglich für die beiden Taifune, welche im 13. Jahrhundert die Versuche der Mongolen Japan zu erobern vereitelten.

Azuma studierte an der Kunsthochschule Tokio Bildhauerei, stieß in der Bibliothek auf eine Monografie über den toskanischen Bildhauer Marino Marini. Nach dem Krieg zog es mehrere japanische Kunststudierende nach Europa. Sie gingen nach Paris, Wien, Rom, nach Mailand.

Kenjirō Azuma, der japanische Fliegerpilot aus dem Zweiten Weltkrieg, war 1926 in eine Familie traditioneller Bronze-Kunsthandwerker geboren worden. Hatte das Gymnasium verlassen, um in die Kaiserliche Marineluftwaffe einzutreten. Erhielt nach seinem Studium in Tokio ein Stipendium an der *Accademia di Belle Arti di Brera* in Mailand bei Marino Marini, dessen Pferdeskulpturen ihn an jene in den kaiserlichen Palästen und an die von chinesischen Grabstätten erinnerten. Azuma akklimatisierte sich, wurde Assistent von Marini, heiratete eine Japanerin, übersiedelte nach Europa. Lebte als italienischer Japaner mit seiner Familie in Mailand. Seine Witwe und seine Tochter leben dort noch.

Seinen Vornamen, geschrieben mit einem j in der
Mitte, stattdessen mit einem *g* zu *Kengiro* romanisiert,
das birgt *giro,* das italienische Wort für *Kreis,* im Zen
das Symbol für Leerheit und Vollendung. Sein Nachna-
me *Azuma* klingt italienisch ohnehin und ruft weitere
italienische Wörter an – *acume* (Scharfsinn) oder die
Befehlsform von *zumare* (zoomen) oder lässt an *amare*
(lieben) denken.

In St. Margarethen erinnert die völlig verwachsene
Steingrube an einen Bombentrichter. Vor langer Zeit
war an dieser Stelle Stein gebrochen worden. Azuma
fand sie wieder, befreite sie von Bewuchs, grub sie ab,
ließ bloß die kleine Eichengruppe und die vierte Eiche
stehen. Schüttete eine Ebene auf, ebnete gelbweißen
Sand ein. Sand, worin er mit einem Rechen Linien
zeichnete, exakte Rillen um seine drei unregelmäßigen
Steinkegel zog. Die Grube mit ihren längst witterungs-
gerundeten Skulpturen ist nun auch ohne den hellen
Sand eine meditative Arena, ein Zen-Garten, unverrückbar.

‚Cielo, terra e uomo‘ ist eines jener monumentalen
Werke von Azuma, wie sie an verschiedenen Orten
der Welt verblieben sind und die Schule des Zen mit
europäischer Kultur in Synthese bringen. ‚Cielo, terra e
uomo‘ schenkt Gelassenheit.

Mich erinnern die Kegelskulpturen an vom Himmel
herabgefallene und zu einem Drittel in die Erde ein-
gesunkene Tropfen. In der Tat nieselte es an jenem

Sommertag, als ich in der Zen-Arena von Azuma aus meinen Texten las. Eigentlich betritt man einen Zen-Garten nicht, sitzt außen nur, versenkt sich in ihn.

An den größten Kegel gelehnt las ich aus meiner Erzählung ‚Das Model und sein Bildhauer‘, worin der verkrachte Steinmetz Luxer, der viel lieber Bildhauer geworden wäre, zugange ist. *Es gibt Tage in diesen Randlagen, die Zielscheiben suchen. Jahre zurück, beim Laufen streifte seine Schläfe ein Geschoss. Kein Volltreffer – einer unbewussten Wendung des Kopfes wegen, entscheidende Millimeter* – las ich vor, spürte, der Stein, an den ich mich schmiegte, mochte mich und wärmte mich, während ich weiterlas. *... woher das Aufleuchten kam, eine Grube voll Schrott. Da unten, da liegt Etwas, Wrack, da steht eine Autotür scharfwinklig ab, knarzt die Tür im Luftspiel, ihr Fenster verschmeißt die Lichtspiegelungen, die ihn blendeten, eine Frau aus dem Auto herausgestreut, bewusstlos, Luxer stolpert – Das alles ist ...*

Den Kopf zurückgelehnt dann den übersetzten Stellen meines Textes lauschend, die der Tänzer Othello Johns aus Amerika vortrug, sah ich aus den Augenwinkeln der Tänzerin Elizabeth Dalman aus Australien zu, wie ihre einzigartig spontan meinem Text und seiner Umgebung entsprungene Körpersprache jene drei mandelförmigen Längsschlitze in der Steinarena tangierte, die, von Kenjirō Azuma eingemeißelt, abstrahiert seine Signatur darstellen. Sah, wie sie seinen Namen vertanzt zu Klang brachte, der sich mit den Menschen, welche uns vom Steinrand her zusahen

und zuhörten, und mit mir in höhere Korresponden-
zen verschwang.

Ich ging in Gedanken weiter, den Hügel hoch, ging an
den Beginn der ‚Japanischen Linie'. Die irgendwann
durch mich hindurch wuchs – durch meinen Körper,
durch mein linkes Ohr, durch mein rechtes, durch
mein Hirn, durch deines, sich durch die Hirne von
uns allen antennenartig fortpflanzte, lang und länger
sich zog, dann ungefähr am 17. östlichen Längengrad
nördlich zuerst durchs nahe Umfeld von Wien, über
die Donau sprang, Zissersdorf und Mikulov streifte,
Brünn durchstreifte, vorbei an Wrocław und Poznań
übers flache Land von Pommern, die Ostsee durchwa-
tete, bei Nyköping auf die schwedische Platte, westlich an Stockholm und Uppsala vorbei den Bottni-
schen Meerbusen entlang, von Sundsvall bis Sollefteå
dem kurzen ins Landesinnere weisenden Gebirgszug
folgend, Richtung Tromsø über die Weiten ziehend
und an den Tälern der einquerenden norwegischen
Gebirgezüge knapp westlich an Tromsø vorbei, weit
rechts der Lofoten tiefseeunter den Atlantischen
Ozean, manifest in Spitzbergen, übern Nordpunkt
durchs nördliche Eismeer parallel der Beringstraße
über den Aleutengraben hinweg am 163. westlichen
Längengrad die unendlichen Tiefengebirge des Pazi-
fik inselüber Hawaii pflügt, äquatorspringend, den
Cook-Inseln zu, durch die kalten Gefilde am Antarkti-
schen Plateau, am Südpol wieder im 17. östlichen Grad
bei Kapstadt auf die Afrikanische Tafel trifft und
gleich wieder übern Äquator, übers Mittelländische

Meer auf die Eurasische Platte, bei Taranto und Bari
übern Stiefelabsatz der Adria entgegen und bei Hvar
und Split am festen Land wieder zwischen Zagreb
und Pécs hindurch Szombathely tangieren wird und
über Bari geradewegs auf den Steinbruch zu der ‚Japanischen Linie' den Kreis zum Schluss –

Ein|Fluss|oh|ne|Was|ser –
des|Un|ter|brech|ens|Sinn
ist|das|Wei|ter|füh|ren.

– ein Haiku das Motto, welches die Fünfschaft der
Bildhauer aus Japan 1970 definierte. Folgt nicht dem
traditionellen 5-7-5-Silben-Zeilenfall. Fordert die zeit-
gemäße Auffassung der literarischen Kunstform Haiku
diese Formel in nichtjapanischer Sprache nicht mehr
wie früher. Haikus, konkrete Sprachlinien aus Zeichen,
auch der Satz von Gerhard Rühm auf seinem Stein
IN|NEN|EILT|EIN|MANN Teil eines Haiku, die erste
Zeile möglicherweise. Man könnte sie weiterführen.
Wie auch immer, wo auch immer.

Kann auch das Weiterführen der ‚Japanischen Linie'
immer und überall gelingen. Auch, oder gerade
weil das Weiterführen des „Europäischen Bildhauer
Symposion" am skulpturenbevölkerten Hügel und das
Weiterführen seines Vereinssitzes im Bildhauerhaus
von St.Margarethen zu Ende ging. Im August 2018
musste das bislang den Bestand hütende Symposions-
volk das Feld räumen. Ungewiss, was dem Hügel
nun blüht – richtungweisend dauert die ‚Japanische

Linie' an, die parallel zum See durch mich hindurch-
zieht.

Die von weltläufigen Künstlerinnen und Künstlern be-
hauenen Steinbildmale wachen über den Hügelkörper,
aus dem und auf dem sie entstanden. Die ‚Japanische
Linie' und der Zen-Garten ‚Cielo, terra e uomo' bleiben. Die drei Steinkegel in der Steingrube von Kenjirō
Azuma sind das japanische Herz des Steinbruchs. Sollte
ihre Grube wieder verwahrlosen, würden sie unterm
Wildwuchs das Echo der Meißeltöne hören, unter
denen der Meister ihnen ihre Rillen und Spalten bei-
brachte. Alle Steine.

Irgendwann wird irgendwer ‚Cielo, terra e uomo' wie-
derentdecken, ausgraben und wird alles Gewächs dort
roden, um die äonenalten Skulpturen von der gierigen
Hügelfauna nicht noch tiefer verschlingen zu lassen.

Dieser Mensch wird dann neuen weißen Sand ein-
tragen und ebnen, Steine behauen und setzen, sie mit
einem Rechen umrunden, den Grund bezeichnen.
Unermüdlich und andauernd, so der Zen es ihm abfor-
dert. Irgendwann aus der Grube steigen, die gezogenen
Linien, gerade, kreisförmige und halbkreisförmige,
betrachten, übers Land schauen, übers Meer hinweg,
den See –

es war Selbstmord

aus jeder Richtung versucht, von beiden Brückenköpfen her, angezählt war die Brücke längst, immer wieder bestrebt, aus Nordosten und aus Südwesten kommend, und Jahre später auch übers Wasser her, schwimmend vom Ostufer der Unteren Alten Donau weg

mir trotzdem nie gelungen: Anlanden und vertraut werden, heimisch, also, wohnen, spielen, sporteln, arbeiten oder jemand besuchen, aber wen? Kaisermühlen blieb fern, meiner täglichen Reise Kulisse nur: aus und in die Donaustadt zurück, in der ich, pubertärer Grillen wegen, als spröde *Rose aus Stadlau* oder als *Prinzessin von Kageran* heranwuchs

also: die Kaisermühlenkulisse links in der Früh und am Abend rechts. In den Wagen meines Vaters zugestiegen am Praterstern, Ausfahrt rechts in die Lassallestraße und – an der Ecke zur Venediger Au auf der Feuermauer: das springende rote Flügelpferd

ies
libom
tim
liboM

steht daneben, ich seh's wie gestern: längst ein andres Haus, keine Feuermauer mehr, seh ich's doch im-

mer noch, im Vorbeifahren jedesmal wieder: Wort für
Wort untereinander, Zeile für Zeile, mit meiner Schwester im Chor: verkehrt gelesen, versteht sich

wir lebten mit dem sprungfliegenden Werbepferd Auge
in Auge, vom Küchenfenster aus auf Augenhöhe, dort
jenseits der Lassallestraße, auf dem Hügel, hinter dem
sich der Frachtenbahnhof zum Nordostbahngelände
hin weitete, wohnten da eine ganze Weile, nach dem
Umzug aus Innsbruck nach Wien, erste Buchstaben

zogen häufig um, später weit über die Reichsbrücke hinaus, weiter die Lassallestraße entlang: straßensäumend
Wohnhäuser rechts, drei- oder viergeschossig mit Greiß-
lereien und Geschäften im Mexikoplatzstil, stucklos
und kriegsgrau einige noch, und hier, genau da: Nr. 10 –
das Haus, oben im dritten Stock, jenes Fenster, dieses:
In dem die Frau, die ich purzeln ließ, Fenster putzte

diese Schrecksekunde, und gegenüber erstreckten sich
Plakatwände, schier kilometerlang

I haaß Kolaric
du haaßt Kolaric
Warum sogn's zu dir Tschusch?

fragte auf einem der
großen Plakate ein Lederhosenbub einen überlebens-
großen Mann in schlecht sitzendem Sakko[1]. Nie pro-
biert diese Zeilen verkehrt zu lesen, hinter der Werbe-
sprachbarriere lagen Kopfgleise, Straßenbahnremisen,

Industrieruinen, Müllhalden und die unermessliche Gstett'n, Hinterland, paradiesische Brache für Indianer und Forscherinnen, für's Versteckenspielen und Doktorspielen

die Fensterputzerin sprang wie das rote Pferd: Ihre rote Schürze weit wehend, körperte aber kopfüber aufs Pflaster und alles setzte aus. Außer Gefecht. In diesem Moment Triumph schloss ich das Küchenfenster, zog das dunkle Vorhangmuster vor den sonnigen Vormittag, klappte die Puderdose zu. Deren Spiegellicht ich hatte hüpfen lassen in Lichtschriften an die Fassade des Hauses in der Lassallestraße drüben, verflüchtigt, und verbannte das Spiel ins Badezimmer wieder

verzog mich hinter die Plakatmeile ins Gelände, verstört, hätte die schlimme Puderdose, Corpus Delicti meiner kriminellen Energie, nun am liebsten vergraben, hätte ihr Fehlen nicht mich geradewegs überführt. Ihr gewohntes Vorhandensein im Badezimmer erleichterte mich am Abend, als ich die rote Schmierseife, in die ich arglos gegriffen, von meinen Armen wusch, hatte kein Blut an Händen und Füßen – nichts verbrochen, im Spiegel war der Sonntag hinter mir am Kalender gatnnoS iluJ .8 und die Umkehr schwuppdiwuppte mir die Frau in ihr Fenster hoch wieder

knapp vor'm Mexikoplatz geraten links fünf große Tore in Sicht, die sitzen sattrot im Mauergrob, rhombengerastert von schmalen weißen Leisten. Dann und wann stürmten daraus abrupt im Folgeton schrillend

Löschautos hervor, wild wie mein Feuermauer-Pegasos von Mobiloil, galoppierten, rasten über die Reichsbrücke einmal: Brannte es im Ausland drüben, in Kaisermühlen?

der Mexikoplatz liegt, durchschnitten von der brückenmündenden Lassallestraßengerade, links und rechts des südwestlichen Fußes der Reichsbrücke am Wegrand neben dem ansteigenden Brückenschwung und Kaisermühlen liegt am Brückenfuß drüben abseitiger noch. Täglich fuhren wir dran vorbei, hin und zurück in meinen Donaustädter Jahren, es hatte schon Silhouette, Skyline beinah, nicht bloß die des Goethehofs. Kaisermühlen trotzdem Ausland

Transitland eigentlich für mich. Eines Tages war eine Königin durchgekommen[2], eine typische Wiener Gemeindewohnung im neu errichteten Hochhaus am Kaisermühlendamm zu besichtigen, die Zweizimmerräumlichkeit der Familie Chlumetzky, sie hatte ihre Tochter, die Prinzessin von Edinburgh im Gefolge. Beide kamen nicht wieder, würden HRH heutzutage noch der Hochhausdichte Kaisermühlens – der neuen Donau-City, Respekt zollen? Die langmächtig übers Wipptal springende Europabrücke am Brenner imponierte ihnen damals schon mehr als der Blick aufs WIG-Gelände, den Donauturm und die hübsche Reichsbrücke ihrer gezählten Tage

angezählt war sie längst. Umstritten schon vor Baubeginn[3] produzierte sie vor ihrer Eröffnung am 10. Oktober 1937 zwei Selbstmorde. War der eine Gutachter,

Paul Fillunger, gegen den Bau der von Siegfried Theiss & Hans Jaksch geplanten Kettenbrücke – die Gründung der Ankerblöcke für die Ketten und die beiden Pfeiler im weichen Donauschwemmsand sei unverantwortlich –, war der andre, berühmtere, Karl von Terzaghi, dafür – die Brücke würde die nötige Standsicherheit aufweisen, sofern die Ketten in den Hauptträgern selbst verankert werden würden. Die Meinungsverschiedenheit der beiden Professoren an der Technischen Hochschule in Wien war Teil einer erbitterten persönlichen und öffentlich ausgetragenen Fehde

die Kettenbrücke wurde entgegen der Warnungen von Fillunger gebaut – nach den von Terzaghi empfohlenen Umplanungen. Gegen Fillunger wurde an der Technischen Hochschule ein Disziplinarverfahren eingeleitet. Er und seine Frau nahmen sich durch ausströmendes Gas in ihrer gemeinsamen Wohnung am 7. März 1937 das Leben

die Reichsbrücke blieb ungesprengt, sie blieb am 11. April 1945 der einzige intakte Donauübergang zwischen Linz und der Staatsgrenze, was ihr Symbolcharakter verlieh, ein Zeichen für die Widerstandskraft von Österreich. Wieso sie nicht gesprengt wurde, ein Wunder nachgerade, wurde erst 2012 in der Auswertung historischer Quellen[4] klar: Es soll Hitler selbst gewesen sein, der dies verhinderte.

angezählt war sie längst. Auch durch Kriegsschäden in Mitleidenschaft gezogen, der verwendete Beton der

Pfeilerummantelungen minderwertig, Haarrisse, ero-
dierte Grundfeste, fortschreitende Zerrüttung, unter-
spült, ein Kriechen und ein Schwinden im Beton, den
Untersuchungsberichten zufolge waren die von Terzaghi vorgeschlagenen baulichen Änderungen einer der
Gründe ihres Einsturzes

ich hörte sie stürzen. Durfte in dieser Nacht bei Vera,
meiner beim Umzug nach Neu-Kagran in der alten Las-
sallestraßengegend zurückgelassenen Schulfreundin,
übernachten, vollkommen in der Wonne des gemeinsamen Puppenspiels, Prinzessinnen, Vera besaß Barbiepuppen, ich nicht, irgendwann schliefen wir ein,
wachten auf, als es dröhnte, 4:53 Uhr, ein Erdbeben mi-
nutenlang

Transdanubien, brückenlos, ach, und wir, Vera, ich und
ihre Eltern, waren dabei, bei den Ersten, die das be-
gafften. Minuten kaum, bis wir wussten, was passiert
war, in den Radio-Nachrichten um fünf, und wir zogen
auch gleich los, um's glauben zu können, selten nur stehe ich so früh auf, und staunte über das Fait accompli,
wie sollte ich nach Hause kommen? Die Reichsbrücke
wälzte sich im Wasser wie ein riesiger besiegter Drache
und ein Gelenkbus, kleiner roter Wurm auf ihm drauf,
sein Fahrer gerettet, ein toter Ford Transit-Lenker zu
beklagen. Kaisermühlen unerreichbarer als sonst, und
ich von meiner Familie völlig abgeschnitten

da muss es gewesen sein, ja: Als ich so sehnsüchtig gegen Kaisermühlen blickte, oder verzweifelt, dass der

junge Jonke mich ansprach und fragte, was hier los sei und dann sagte, er fühle sich irgendwie *hintergangen* durch die Reichsbrücke, *ja, durchkreuzt* geradezu, *Frechheit*, schrie er. Die Brücke hatte mit ihrem leichtfertigen Bruch auch meine Sonntags-Pläne durchkreuzt. Aber ich interpretierte Jonke damals völlig falsch

dass so viele an den Ort des überraschenden Vorfalls gekommen waren, war ihm nicht geheuer, im Gegensatz zu mir aber hatte er, Letztendliches vorhabend, es sorgfältig durchdacht und geplant, an diesem Tag um diese Zeit an die Reichsbrücke zu kommen, wie er Jahrzehnte hinterher in der Erzählung *Reichsbrücke*[5] sein Alter Ego-Ich behaupten ließ, ich las das kürzlich erst:

Als ich am Brückenkopf angelangt war, sah ich aber, daß sich dort eine verhältnismäßig vielköpfige Menschenmenge zusammengerottet befand. Das war mir gar nicht sehr recht, und als ich gerade begonnen hatte, diese Wiener Morgengrauenversammlung um fünf Uhr früh zu durchschreiten, erfuhr ich aus den Stimmen der Leute, daß die Reichsbrücke, die ich soeben hinauf wollte, um mich an diesem Tag in den Strom hinein, abwärts ins Schwarze Meer zu stürzen, daß die Reichsbrücke, ja, so erfuhr ich aus dem Gerede der Leute, soeben, vor ein paar Minuten, zusammengebrochen, in den Fluß hinein, hinuntergeborsten war. Das war vielleicht ein Schock. Weniger für die fröhlich schaulustige Menge dieses Morgengrauens, die von jeder ihr unterkommenden Katastrophe immer wieder erneut wie zum ersten Mal gefesselt ist, sondern für mich, der ich mich natürlich irgendwie hintergangen, meine weiteren Pläne von dieser Brücke durchkreuzt, überkreuzt oder über-

quert oder einfach zum Narren gehalten vorkam. Zumindest
empfand ich es als eine eigentlich empörende Frechheit. Ich will
mich gerade von der Reichsbrücke hinunter in die Donau und
weiter ins Schwarze Meer hinabstürzen, da aber, noch ehe ich
die Pläne vernünftig in die Tat umsetzen könnte, stürzt sich
die Reichsbrücke mir vor der Nase weg selbst in die Donau in
den Strom hinein hinunter Richtung Schwarzmeerstrand.

wäre womöglich statistisch zu erfassen, die Frage zu
klären, ob Brückenselbstmörder im Allgemeinen, und
nicht bloß jene, die von allen drei Reichsbrücken[6] sich
je stürzten, in oder gegen Fließrichtung der Flüsse
sprangen

nicht bloß Jonke, auch ich war verzweifelt gewesen, hatte mich hingegen nur gefragt, wie ich hinüber komme,
ans andre Ende der Brücke, rüber nach Kaisermühlen.
Nie kam mir Kaisermühlen erstrebenswerter vor, als im
kühlen Morgendunst des 1. August 1976. Von dort, war
mir klar, könnte ich mich durchschlagen, Kaisermühlen
durchqueren, den Goethehof, das Gänsehäufel, schwimmend über die Alte Donau, zu Fuß weiter bis Kagran
und auf dem geflügelten silbernen Wappenpferd der
Kageraner in die Siebenbürgerstraße. Im Gelände unweit
ihres Wohnhauses stellten Vera und ich den gewaltigen
Brückensturz den übrigen Sonntag lang nach, mit Bret-
tern und Gerümpel über Kaulquappenlacken und mit
ihren Barbiepuppen

bis vor kurzem[7] schwamm ich häufig über die Alte Donau Richtung Dampfschiffhaufen oder Kleines Gänse-

häufel, eine am südlichsten Zipfel von Kaisermühlen in die Untere Alte Donau ausgestülpte Halbinsel, verweilte in den Seilen der Bojen, die den Badebereich des Straßenbahnerbades begrenzen, bevor ich an meinen Badesteg ans Ostufer zurückschwamm, von dort zu beobachten wie die Sonne hinter die Silhouette von Kaisermühlen taucht und sie vergoldet, entzündet beinah

die alte Reichsbrücke, die nicht die erste war, die Wien mit Kaisermühlen verband, war eine architektonische Schönheit, schön, aber nicht stabil, ich erinnere mich an sie, ich liebte sie, sie war die Überfuhr in eine andere Welt, transitär wie der Ponte della Libertà, der über nahezu vier Kilometer vom industrielauten Mestre der Serenissima zuläuft, Welten verbindet und trennt. Die in Kaisermühlen einheimische Trafikantin, die unmittelbar nach dem Reichsbrückensturz alle vorhandenen Ansichtskarten mit dem noch intakten Bauwerk aufkaufte, sie feilzuhalten, hatte unsere schöngrüne Wiener Kettenbrücke wohl auch geliebt

ach, hätte er doch nur runterspucken wollen, wie sonst immer, und nicht sich von ihr in die Donau werfen, wäre die Reichsbrücke keineswegs eingestürzt, und stünde noch unverändert heute, jammerte Jonke in der Erzählung *Reichsbrücke* und bezog auf sich, der eigentlich Schuldige an ihrem Einsturz zu sein, er würde sich aber hüten, *es womöglich heute oder morgen jemand auf dessen Nase zu binden.* Für so dumm dürfe man ihn nicht halten

nein, sicher nicht. Und hätte doch auch ich nie, niemals,
jemandem von meinem kindlichen Blendspiel mit dem
fatalen Sturz der Fensterputzerin in die Lassallestraße
erzählt, bis heute nicht.

1   Plakataktion der Stadt Wien gegen Xenophobie, 1974.

2   Queen Elizabeth II. von Großbritannien kam in Begleitung von Prinz
    Philipp, Herzog von Edinburgh und Prinzessin Anne vom 5.–10. Mai
    1969 zum ersten und bislang einzigen Staatsbesuch nach Österreich.
    Am 7. Mai 1969 besuchten die Queen und die Prinzessin eine Woh-
    nung in einem modernen Gemeindebau in Kaisermühlen.

3   26. Februar 1934, zwei Wochen nach den bürgerkriegsartigen Februar-
    kämpfen

4   Renato Schirer: Die Reichsbrücke im Zweiten Weltkrieg. In: Pro civi-
    tate Austriae. Information zur Stadtgeschichtsforschung in Österreich.
    Neue Folge, Heft 17, Wien 2012, S. 83 ff., Zitat S. 102.

5   Gert Jonke: Himmelstraße – Erdbrustplatz oder Das System von Wien.
    Salzburg u. a.: Residenz-Verlag, 1999.

6   Erste Reichsbrücke 1878–1937: in ihrer Bauzeit Reichsstraßenbrücke
    bezeichnet, bei ihrer Eröffnung am 21. August 1876, dem Geburtstag
    des Thronfolgers Kronprinz-Rudolph-Brücke benannt, nach dessen
    Selbstmord vom Volksmund als „Selbstmörderbrücke" verunglimpft,
    setzte sich der Name Reichsbrücke im Sprachgebrauch durch und
    wurde am 6. November 1919 offiziell; zweite Reichsbrücke 1937–1976,
    bis 1955 im sowjetisch besetzten Sektor der Stadt und als Dank für
    die Befreiung Wiens zum Jahrestag am 11. April 1946 umbenannt in
    Brücke der Roten Armee, bis 18. Juli 1956, danach wieder Reichsbrücke;
    Eröffnung der dritten Reichsbrücke: 8. November 1980, sollte Johann-
    Nestroy-Brücke heißen, der Name setzte sich jedoch nicht durch

7   Vgl. die im vorliegenden Band enthaltene Erzählung Vom Hörensagen
    nur, S. 143 ff.

Joyce's Choice

Als ich am 17. Juni 2010, einem Donnerstag, im Morgengrauen in meinem Bett aufwachte, allein, doch umgeben von Freunden, meiner Tischgesellschaft, umwehten mich die Winde, die mir eben noch zugeraunt, am Strand von Sandymount zu gehen, es waren Verdauungsgeräusche, meine eigenen, deren Lärm mich geweckt hatte. Aufgeschreckt. Wo im Traum war ich herausgefallen, wo gelandet? Genau da, wo Tatters gestern abend herumtollte?

Nein, gestern Abend – da war kein Hund, nicht Tatters, jener Hund, der am Gestade von Sandymount an einem weit entfernten Vormittag herumsprang, soweit ich mich erinnere: am Vormittag des 16. Juni 1904, um elf. Tatters, dieser nach Rasse oder Geschlecht unbestimmt gebliebene Hund, wohl ein größeres Tier, schlank denke ich es, dunkel und sehr beweglich, tänzelnd, mit langer Rute, die es aufstellt, und spitz die Ohren, die dem Brausen der Brandung alle möglichen dahinter und davor liegenden Geräusche entnehmen, die Menschenlauschern vermischt bloß als einziges großes Röhren und Dröhnen erscheinen.

Das Datum und der Hund hatten etwas mit dem gestrigen Abend zu tun.

Da war zunächst der Hase. Dieters Hase, der hinter
Dieter hinterher hoppelte als Dieter mir die Tür
öffnete. Seitdem Dieter den Hasen adoptiert hat, ist
Kaninchen von der Speisekarte gestrichen, radikal, wo
immer unsere Freitagmittagsgesellschaft tafelt.

So viele Orte sind es nicht, wir haben ein Stammlokal
mit zwei Wirten und einer Wirtin, keine Hierarchie, alles durch drei. Wenn es wegen Urlaub geschlossen hält,
besuchen wir andere, gewöhnliche Lokale. Verschiedene, damit wir uns nicht an ein anderes Lokal gewöhnen.
Es ist nicht so, dass man da oder dort einfach erscheinen
darf, bloß weil man eben mal wüsste, weil man eben
aufgeschnappt hat, wo der Freitagmittagstisch tagt. Man
wird dazu eingeladen. Jedes Mal. Jedes Mal persönlich
durch *short message service* am Tag zuvor von Dieter. Frei-
tagmittag ist jeden Freitag ein Fest. Ein kleines.

Es gibt auch große Feste. Einmal im Jahr.

Nicht, dass ich je häufig Kaninchen gegessen hätte.
Nieren aß ich auch nicht öfter als Kaninchen, zumin-
dest früher aß ich Nieren (Kalb, Schwein, Rind, Lamm,
Hammel) nicht öfter als Kaninchen, seitdem ich dem
Freitagmittagstisch angehöre und seit dem Kaninchen-
verbot aber schon. Kein Bilderverbot.

Zumindest einmal im Jahr. Gestern.

Ortsübliche Speisekarten enthalten Kaninchen wie
Nieren, überhaupt jegliche Innereien, immer seltener.

Innereien essen ist etwas Besonderes, weil Seltenes.
Gibt Leute, denen graust davor. Womit ich nicht behaupte Kaninchen wäre Innerei.

Das große Fest, gestern, jedes Jahr eine Innereienvöllerei, und Dieters Kaninchen, *der Hase,* so nennt er es, wuselte zu unseren Tischbeinen. Zuweilen, wenn es müde wurde und sein aufmerksames, auf Essbares gerichtetes Schnuppern sich beruhigte, hatte ich den Verdacht, es werde in dieser Kontemplation als Nachspeise verspätete Ostereier legen. Aber jedes Jahr zaubert dann doch Suzy, Dieters luxemburgische Freundin, etwas völlig zu den vorangegangenen Innereiengängen Passendes auf die ermattete Tafel: gestern Zitronensorbet an einer stark verdichteten Schokotarte. Belebt die Organe.

Nach jedem Gang ein Hirnschmalz, verlangt Dieter. Nein, man wird nicht bloß zum Trinken und Völlern eingeladen, man muss liefern: Hirn schmalzt wie Salz würzt. Dieter stellt seinen Gästen gern Aufgaben. Was bei normalen Freitagmittagstischen auch vorkommen kann.

Ein Punkt, lebendiger Hund, wuchs in die Sicht, quer über die Sandfläche rennend. Gutergott will der auf mich los?

Hier ist der Hund.

Mein Traum hatte recht: Es war dieser Hund, Tatters, zu dem ich mir einige Anmerkungen einfallen lassen sollte, damit ich dem Festessen beitrage. Wir waren zu siebent diesjahr, was nicht heißt, dass es sieben Gänge gab. Auch nicht sieben Vorträge. Zwei, drei schlummern noch ungehoben in Gästen.

Es geht ja immer um ein Werk. Jedes Jahr um dasselbe. *Das* der modernen Literatur *bahnbrechende* Werk schlechthin, das natürlich an jedem Tag gefeiert werden kann, an diesem aber prototypisch. Jedes Menü ist auch ein Werk, und unsere Zeit, der Köche Künstler sind, macht Künstler zu Taxifahrer-Aushilfen oder Aushilfs-Verkäuferinnen. Die Freitagmittagsgesellschaft vereint *naturgemäß* verschiedenste Berufe. Für das einmal jährliche Fest werden daraus und darum jene der Literatur Nahestehenden gefiltert, ergänzt um der Literatur beinah so Nahestehende, die dem Freitagmittagstisch nicht angehören.

Dieter ist mein Verleger.

Das ist nichts Besonderes. Das kann Schriftstellern passieren. Jede Schriftstellerin, die ein Buch schreibt, das sich mit der Ausformulierung der Sprache an und für sich und per se beschäftigt, würde einen Verleger finden wie Dieter. Aber natürlich ist nur Dieter wirklich Dieter. Solch ein Dieter ist nicht sonder Zahl.

Dass ich die Stelle mit dem Hund von ihm erhielt, lag auf der Hand. Wenn man im letzten Buch einen Hund ermordet, mit Schokolade vergiftet, selbstverständlich nicht eigenhändig, nein, nicht in Ich-Form, solche

abstrusen Lüste befriedigt mir mein Romanpersonal
in bester Qualität spurenfrei und gratis, in diesem Fall
Alberta Perlmutt, und sich diese Perlmutt dann noch
einlassen lässt auf ein Alter Ego, ein personifiziertes,
also verhundetes schlechtes Gewissen in Gestalt eines
Rassehundes, in diesem Fall eine Windhündin, Barsoi,
um genau zu sein, darf ich mich nicht wundern, dass
ich die Textstelle mit dem Hund bekomme. Mir Anmerkungen dazu einfallen lassen soll. Das Mordopfer
ebenso ein Rassehund, Zwergrattler, dessen Klein-
wuchs bloß geringe Mengen Schokolade braucht, um
zu kollabieren. Dunkle Schokolade bitte sehr, enthält
mehr Theobromin als helle, und darum geht es. Katzen
sollten da auch nicht dran.

Kaninchen wohl ebensowenig.

Nein, Kaninchen kommt auf unseren Speisekarten
nicht mehr vor. Nicht auf denen der Freitagmittags-
tafel. *Gestopftes Stubenkaninchen an Butterfrühlingserbsen
und getrüffeltem Dillreis auf Karottenspiegel* ignorieren wir.
*Rosagegarte Kaninchenleber auf Apfelsüppchen an goldgebra-
tenen Erdäpfeldukaten im Salzmantel* streichen wir durch.
Das reklamieren wir raus. Und wenn nicht, sind wir
blind. Lesen wir drüber. Da ekelt uns.

Bereits als Kind verweigerte ich am Ostersonntag den
Verzehr des gebratenen Zickleins, mit dem ich am
Karfreitag, es in meinen Armen vor mir hertragend, le-
bendig noch und warm und seidig im Fell, im Hof des
Bauernhauses meiner Großeltern fotografiert worden

war. Wochen später die endlich entwickelten Schwarz-
weißbilder. Im Jetzt haben wir Digitalkameras, die
klicken und entwickeln oder entwickeln nicht, weil das
Bild im Klick fertiggepixelt. Diarrhöe kann nicht mehr
postwendender durch einen Verdauungstrakt schnal-
zen, als wie schnell man ein soeben geschossenes Foto
betrachten kann. Das schlupft und klatscht schneller
als die alten Rohrpostrohre unter Luftdruck.

Ein schlachtreifes Zicklein heute könnte sich am
kamerafrischen Screenbild noch betrachten, Sekunden
bevor ihm die Kehle von jemand anderem als meiner
Großmutter, die längst tot ist, durchgeschnitten wird.
Namen gab ich unseren Osterzicklein nie, ihr Ende
war großmütterlich gütig und streng, nicht abwend-
bar und nah. Letztlich interessierte mich auch das an
frühlingkalten Ostern dampfend ausrinnende Veren-
den des Tiers, wiewohl mir's Herz dabei brach. So mir
zugeredet wurde, aß ich allerletztlich immer davon.
Ziegenniere. Lunge. Herz. Blut. Hirn.

Ja (1015, letztes Wort)

Der Hase lümmelte und schmiegte sich diesmal um
die Beine eines Mathematikers, eines Grafikers, eines
Lungenfacharztes, eines Galeristen, einer Psychiaterin,
eines Verlegers und einer Schriftstellerin. Wir ver-
missten die Filmemacherin, den Schuhmacher und den
Übersetzer, da wären wir zehn gewesen, was um zwei
zuviel gewesen wäre, die Tafel für acht gedacht.

Fußnote: Dem original Freitagmittagstisch zugehend, fehlten noch die Architektin und die Motorsport-redakteurin: unsere Arbeiterrevolutionsführerinnen, die eine unabkömmlich ein Betonmischerkonzert dirigierend, die andere eine Kawa, Hondas, Suzukis und Fotografen.

Die Filmemacherin hatte kurzfristig abgesagt, sie hatte in Trst zu tun, aber ihre Anmerkungen entlang des von Dieter gewählten Hinweises vorbereitet, die uns aufklären sollten, wie viel Österreich das Werk, zu dessen Ehren wir dinierten, enthalte: *Die kaiserlichen Pferde. Habsburg. Ein Ire hat ihm das Leben gerettet auf den Wällen von Wien. Vergeßt das nicht! Maximilian Karl O'Donnell, Graf von Tirconnel in Irland. Hat jetzt noch seinen Erben rübergeschickt, um den König zum österreichischen Feldmarschall zu machen. Eines Tages wird dort noch Unheil. Wildgänse. Oh ja, jederzeit. Vergeßt das nicht!* (Seite 186). Diese Innereiengesellschaft fordert prophetisch abgegebene Versprechungen ein.

Noch heute fotografiere ich jede tote Taube, jeden toten Singvogel, Fledermaus, Maus, Igel, Katze, Mar-der, Schildkröte, Feldhase, ja auch Feldhasen, tote!, Hirschkäfer, Eidechse, Schlange, egal was, wenn es bloß eine gewisse Größe hat und einen kapitalen Unfall hatte. Ich habe eine Sammlung totgefahrener oder tot-gebissener Kleintiere digital aufgespießt. Den meisten sind die Eingeweide dramatisch entquollen, die Augen grauopak gestockt, die Fleischfliegen, Geschmeiß, auch schon drauf. Wenn ich irgendwo stehe, gehe, laufe oder radle und mir quert ein am liebsten gerade im letzten Moment zuvor tot gewordenes Tier den Weg, radle, laufe, gehe oder stehe ich sofort zurück, meine Kamera zücken und entzücken. Zück, zück, schon sind sie ewig in mein Archiv gebannt. Sie können gern vorbeikommen bei mir, sich überzeugen.

Wie da fotografiert wurde: der Mathematiker, eigentlich als Buchmacher berufen, hatte meine Wiener Guglhupfform in die Begrifflichkeit einer absolut schönen Formel gegossen, darüberhinaus in einem geometrischen Werk dargelegt, wie aus der Zahl ein Zebra wird. Er hatte eine neue, rare, überkommentierte, Fußnoten und Querverweise in typografisch beeindruckender Manier beinhaltende Riesenausgabe des Werks mitgeschleppt, zu dessen Ehren wir dinierten, in dem Dieter ihm eine zu erläuternde Stelle genannt hatte, auch eine flunderflache Digitalkamera, die über Myriaden von Pixel verfügte. Er ging damit in die Hocke, spreizte ein Bein, zwei, drei, vier Beine weg, lehnte seinen Oberkörper heftig zurück, riss die Arme hoch, um die Vorspeise aus allen Winkeln festzuhalten. *Der Hase* verzog sich bei diesen raumgreifenden Übungen in den Hintergrund. Bei der Salzkruste aus einem speziellen, in einer mir unbekannten Gegend vorkommenden Meersalz der in der Schale darin gegarten Ofenerdäpfel setzte der vielarmige Fotograf alles daran, deren Oberflächenstruktur minutiös ins Bild zu setzen. Diese Bilder sahen aus, als würde mir Tatters, der Hund, aus dieser Salzwüste gleich entgegen laufen. Stattdessen schwitzte der Rechenkünstler nur

ein wenig und begann atemlos und unmittelbar seinen
Vortrag über die Kartoffel als ein heimliches Leitmotiv
des Werks, zu dessen Ehre wir dinierten.

Kalbshirn kross in Butter gebraten

Das heißt: Er sollte über die leitmotivischen Erdäpfel
anmerken, tat das aber nur in einer kurzen Sequenz,
um dann, in aller gebotenen Breite wild in seiner
imposant großen Ausgabe des Werks herumzuspringen
zwischen Fußnoten, Sekundärliteratur und Haupt-
strom des Textes, wobei wir viel erfuhren, zuviel, um
viel davon zu behalten.

Unmittelbar daran der Grafiker an der Reihe, der
sommers gern Freitagmittagstische schwänzt, weil er
am derart verlängerten *weekend* an den seichten See
zum Segeln geht, und er bekam mit einer Stelle zu tun,
die schiffskundliche Ausdrücke und Untiefen aufweist,
die er nicht kannte und in keinem Lexikon fand. Er las
uns die Stelle vor, sie ist das Ende des Kapitels, durch
das Tatters läuft: *Er wandte das Gesicht über die Schulter,
schaute zurück. Gleitend durch die Luft die hohen Spieren
eines Dreimasters, die Segel gegeit, an den Kreuzhölzern,
heimwärts, stromauf, still gleitend, ein schweigendes Schiff.*
(73) Der Grafiker umschiffte diese Wortwogen mit seinem bekannten Seeräubercharme und seinem beredten
Seemannschweigen und seinem eloquenten Segellatein,
oder in Zeichensprache, er hätte uns das alles skizzie-
ren können, aber trug er ohnehin ein Hemd mit lauter
Segelschiffen draufgedruckt: Slup, Ketsch, Yawl, Scho-

ner, alle Typen von Gaffelschonern und Waffelkuttern. Kutteln sind Innerei.

Zwischendurch schloss ich mich dem edlen Raucher an, der mir eine Zigarette anbot. Wir standen im Garten und schmauchten Kringel durch die das Karnickel schlüpfte und sahen über den Glutenden in die kalte Sommerluft dieser Nacht und *der Hase* stand im Mond.

Der Lungenfacharzt aber am Herd kochte kein Wiener Salonbeuschl. Sorgfältig zugeschnitten hatte er Kalbsnieren in Scheiben, gebraten im Kalbsnierenfett und die, wiewohl ziemlich abfotografierten, immer noch heißen Salzkrustenerdäpfel dazu serviert, dabei die von Dieter ihm zugedachte Textstelle zu palpieren, in der ein heiserer Inspektor einer Tramway-Gesellschaft die Stationen ausruft (164). Er kurierte dem Inspektor nicht seine Heiserkeit weg, versuchte aber, uns zu erklären, warum das Kapitel, das dieses Zitat enthält, von Literaturgelehrten symbolisch dem Organ Lunge zugewiesen wird, wobei er in zugegeben undisziplinierter Weise von uns durch vulgärmedizinische Zwischenfragen aus dem Konzept gebracht wurde und den Faden anderswo wieder aufwarf – bei der Frage nach dem Tabakgenuss in diesem Werk, das er, wie auch das antike Vorbild dazu, als Vorbereitung zur Gänze gelesen und zum Schluss gekommen: Hauptsächlich Kautabak spielt eine gewisse, wenn auch untergeordnete Rolle. Er sagte nicht wo. Ich fand später zufällig *Barmädchen ebenfalls. Verkäuferinnen in Tabakläden* (229).

Irgendwann kam die Rede auf die Fleischhauer. Die ganze Stadt voll hervorragender Fleischhauer, dachte ich mir, als wir einander damit übertrumpften, welcher die feschesten, geputztesten Eingeweide hat und feilhält. Und weil ich dazu nichts sagen konnte, sagte ich, Dieter sollte ein Kochbuch ausschließlich für Innereien verlegen, und es sollte den Titel *Von Hirn bis Hoden* haben. Sonst fiel mir dazu nichts ein. Aber das war schon mehr als genug. Ich ließ mir das flink vom Rechenkünstler algorithmisieren. Dabei bekreuzigte ich mich unwillkürlich, Residuum meines katholisch ausgetretenen Glaubens. Das Kochbuchcover würde vortäuschen, ein sexualpsychologisches Werk zu sein, keine Kochrezepte, dafür würde unser steifgebrister Grafiker sorgen.

Danach erörterten wir, wer von uns welche Hoden unter welcher Geheimbezeichnung wo schon gekauft, gegessen, gekocht oder getastet habe. Vor allem aber unter welchen Namen. Das erzähle ich nicht weiter. Das war vielleicht der Höhepunkt des Festes. Feigen drücken nicht unähnlich taktil.

Wir waren schon fast satt.

Ob der Fleischhauer nun Dlugacz (78) oder Dugacz (82) geheißen habe, ereiferte uns und wir suchten in der kommentierten Ausgabe, die der patente Mathematiker mitgebracht hatte, nach Hinweisen, was überhaupt zur Frage der im Werk enthaltenen Tipp- und Lektoratsfehler führte. Über zweihundert, sagt man.

Jedenfalls fand ich später in jenem Kapitel, das wie ein Theaterstück geschrieben ist: DLUGACZ (heiser): *Bleibtreustraße Berlin W 13* (Seite 636). Womit die Frage nach der Adresse des besten Fleischhauers für Innereien leider nicht geklärt ist.

Kalbsleber mit Äpfeln gebraten und mit Veltlinerbrand abgelöscht

Ja. Mit Brand gelöscht. Natürlich tranken wir zu jedem Gang zwei Flaschen von ausgewählten Weinen, doch die haben wir nebenbei hinuntergeschluckt, ohne viel Aufhebens um deren Herkommen. Das heißt, verkauft wurden sie Dieter und dem Zahlenjongleur vom Besitzer der Weinhandlung ihrer Wahl beim Theater in der Josefstadt (Vinoe), Hr. Rausch. Versprechender Name. Auch floss viel Wasser aus der Hochquelle, das gleichviel *der Hase* süffelte, der inzwischen von der zunehmenden Mondsichel wieder herab gerutscht war. Von den anderen unbemerkt griff ich in meine große Tasche, die ich stets wohlgefüllt mit Karotten mit mir führe, und steckte ihm eine zu. Er schaffte es, nahezu lautlos daran zu knabbern. Kurz dachte ich an *Die Geschichte vom kleinen Hasen,* der am Flugfeld in Schwechat lebt, eine Geschichte, die ich meinem Neffen Tinley vor Jahren mündlich nicht zu Ende erfunden hatte und der er nun entwachsen ist, unterdrückte aber den Impuls, meiner Tischgesellschaft das aufkommende Ende zu erzählen, das mir einzufallen begann. Wie sich der kleine Hase vorm Kochtopf einer irischen Stewardess (Irish Stew) rettete, weil er als blinder Passagier nach China flog.

Weniger Glück hatten andere Kaninchen. Paar Zeilen unterhalb jener, wo Dlugacz die Berliner Adresse angibt, wird eine Dame eingeführt. *MRS. BELLINGHAM: (in Kappe und sealbraunem Kaninchenmantel, eingehüllt bis zur Nase, steigt aus ihrem Brougham und blickt prüfend durch das Schildpatt-Lorgnon, das sie aus ihrem großen Opossum-Muff gezogen hat)* ... (637). Sie beschwerte sich über jemanden, der ihr ein Edelweiß geschenkt hatte, das aber bloß eine Kartoffelblüte war. Diese Kartoffelnote hatte der Rechenkünstler in seiner leitmotivischen Kartoffelschau übersehen, aber ich sagte nichts. *Ich sprach mit keinem: keiner mit mir.* (65) Sagte ich's nicht? Das Buch liefert brauchbare Sätze. Dieser geisterte mir im Kopf und ich fand ihn sogar wieder. (Zwar konnte ich ihn auswendig, hatte jedoch die Seitenzahl nicht im Gedächtnis, ihr Schriftbild aber schon.)

Wir hatten zwei Gänge noch zu bewältigen. Und vier Anmerkungen zu Textstellen waren noch vorgesehen. Wovon nur drei zur Anwendung kommen würden, weil die Filmemacherin in Trst war. Und der Übersetzer in seinem Schweinestall an der deutschholländischen Grenze, den er sich als Rückzug wohnlich und häuslich eingerichtet hat, damit er dort in aller Ruhe Sprachgrenzen gründlich ausloten, errüsseln, entschlüsseln und ausfabulieren kann, hatte keine Aufgabe erhalten, war doch zu weit weg. Der Schuster überhaupt steckte in Transsilvanien in seinem Schuhwerk im Fremdsprachgelee fest. Nächstens will sich Mr. Bloom von ihm ein Paar *lohfarbene* St. Crispins (257) anmessen lassen. *Handsome* handgefertigt.

Der Galerist eröffnete seine Töpfe und bot uns eine aktionistische Performance, während der er den wolkigsten Serviettenknödel zubereitete, den ich jemals zu mir genommen hatte. Unsre Herzen flogen ihm zu, zusätzlich zu denen, die er ohnehin mitgebracht hatte: Rahmherzen vom Schwein und ebensolche vom Rind in, man staunte, zweierlei würzigen Wurzelsaucen. Dass Verdauungsschmerzen aufopfern eine sinnvolle Form des Glaubens an Gott darstelle, sofern man gläubig ist, wurde mir einsichtig. Bloß bin ich nicht fromm. Unsere ganze Freitagmittagstischgesellschaft dürfte die gleiche Not haben. Wir müssen mit unseren Verdauungsschmerzen anders umgehen.

Weil der Galerist zuhaus zuviel Zeit in seine ebenso herzlich sudgeköchelten wie herzhaft kochgesudelten Herzen investiert hatte – ich liebte speziell das vom Schwein, brachte jedoch nicht mehr hinunter als zwei, drei Bissen, so dass von seinen butterweichen Wurzelherzen übrig blieb – hatte er es versäumt, seine Anmerkungen zu den Farben in dem Werk, zu dessen Ehren wir dinierten, aufzuschreiben, oder zu memorieren, wie von Dieter vorgegeben *Vom gelben Schlafrock* (7) bis zur *roten Rose* (1015), also von Anfang bis zum Ende, wofür man das ganze Werk zumindest quergelesen haben müsste, was, ich wagte es nicht zu fragen, ich doch nicht annahm, dass dies wirklich alle irgendwann einmal getan hatten. Also ich zumindest nie. Bis dato nicht aller Tage Abend.

Der Hase ist graubraun, hat schwarze Knopfaugen und Dieter bildet sich ein, er sei besonders ihm zugewandt, was wahrscheinlich stimmt. Ich weiß aber, dieses Werk ist immer gut für einen Satz, wenn ich schnell einen brauche und mir selber keiner einfällt. Jetzt zum Beispiel: *Welche speziellen Affinitäten schienen ihm zwischen dem Mond und der Frau als solcher zu bestehen?* (889) Oder: *Welcher Geldaustausch fand zwischen Gast und Gastgeber statt?* (881)

Keine und keiner. *Keiner sah's: so sag es keinem.* (58)

Ich wurde aufgefordert, meine Wortspende abzuliefern. Sprach über die Sprache und holte paar Sätze aus der Gischt, die vor dem zu kommentierenden Satz stranden: *Der gedunsene Kadaver eines Hundes lag wie hingerekelt auf Blasentang. Vor ihm der Dollbord eines Boots, in Sand versackt. Un coche ensablé hat Louis Veuillot die Prosa Gautiers genannt. All der schwere Sand hier ist Sprache, von Wind und Gezeiten abgelagert.* (64) Und da, im Sprachsand, lässt der Autor eben einen toten Hund liegen und einen lebendigen herumtollen, sagte ich und las noch mal die mir zugewiesene Stelle laut gegen die tobende Gischt vor: Ein Punkt, also ein Satzzeichen, erläuterte ich erhobenen Zeigefingers, und zitierte weiter, *lebendiger Hund wuchs in die Sicht, quer über die Sandfläche rennend. Gutergott, will der auf mich los?* (64)

Ja, die ganze Sprache losgelassen und ihr Inhalt auch, folgerte ich und verglich eine weitere in der Nähe liegende Stelle im Textsand, wobei ich den rennenden

Hund mit dem brüllenden Meer in eins setzte: *Das Gebell des Hundes lief auf ihn zu, hielt an, lief zurück. Hund meines Feindes. Ich hab' einfach dagestanden, bleich, schweigend, rings umbellt. Terribilia meditans.* (65) Schlußfolgerte daraus: Schreckliche Dinge bedenkend, also schreckliche Gedanken, auch diese sind Hunde, Feinde, aber auch Sprache. Eine Flut.

Ich war erschöpft vom Essen und Trinken.

Als wir uns fragten, was wir jetzt essen sollten, erschien Zoé, die Tochter von Suzy, im Pyjama, setzte sich ihrer Mutter auf den Schoß und legte sich halb auf die Tafel. *Der Hase* schlüpfte an ihre Füße und Zoé lächelte, schon halb schlafend.

Dieter stand auf und holte die Schokotarte aus dem kühlen Zimmer und das Zitronensorbet aus dem Kühlschrank. Alle lobten wir das Essen, die Weine, die Vorträge und die Gastgeber, und Dieter meinte, nachdem es nun reichlich spät sei und die Flaschen leer, verzichte er auf seine vorbereiteten Anmerkungen über die Pferdewette in dem Werk, zu dessen Ehre wir dinierten, und das Flugblatt, das es durchweht.

Wir waren angekommen bei einer Süßigkeit, die ihre besondere Note darin fand, kaum süß zu sein, nur schokoladig und zitronig, weshalb sie sich glatt wie Seife in den Verdauungstrakt transportieren ließ und ich widerstand meiner Versuchung, *dem Hasen* ein

Stück von der Tarte zuzustecken, ohnehin knabberte er friedlich an der großen linken Zehe von Zoé.

Einmal hat mir meine Mutter ein Kalbsvögerl in Rahmwurzelsauce serviert am Sonntagtisch und meiner Familie ebenso. Und wie wir saßen und aßen und es mundete, biss ich auf ein hartes Ding, ich war vielleicht acht oder neun, nicht zwölf wie Zoé, spuckte das Harte auf die Handfläche, erkannte Gewehrblei. Es war Kaninchen.

Zoé aß mittlerweile Zitronensorbet und als sie ihren gekühlten gefüllten Bauch ins Bett brachte, zog *der Hase* mit ihr. Suzy lächelte und sagte, warum dem 16. Kapitel des Werks, zu dessen Ehren wir heute dinierten, von den es untersuchenden und es analysierenden Literaturexperten symbolisch die Nerven zugeordnet wurden, erzähl' ich Euch nächstes Jahr. Dann ist der 16. Juni ein Donnerstag, wie der Originaltag in dem Werk.

Ich stand auf, längst war die letzte Straßenbahn den Berg hinunter in die Stadt getrödelt und ich setzte mich in Gang, zu Fuß, quer durch mehrere Wiener Bezirke, meinem Bett zu, an meine Statt, und als mir gerade in den Sinn kam, der Autor schrieb, als schreibe er auf einem Computer, und so, dass es heute noch modern ist, geradezu zeitlos, wiewohl doch alles eindeutig an nur einem einzigen Tag, festgelegt auf den 16. Juni 1904, spielt, gerade da spürte ich dringend:

ich muss aufs Klo. Ohne will und aber, und wie ich musste ja und das Herz ging mir wie verrückt und ich hab ja gesagt ja ich muss Ja

Klammer auf – was eine zugegeben schlichte und unernste vielleicht unpassende Verarschung der zweieinhalb bis drei Handvoll letzten Worte des sich in sieben Absätzen ohne Punkt und Komma von Seite 940 bis Seite 1015 ziehenden letzten Satzes des sogenannten Molly-Monologs in dem Werk zu dessen Ehren die halbe Freitagmittagstischgesellschaft gemeinsam mit hinzugezogenen Viertel-, Halb- und Dreivierte
lexperten 106 Jahre nach dem im Werk als Tag des Geschehens angegeben Originaltag diniert hatte war und ist – Klammer zu

In der Nacht auf den 17. Juni 2010 war *der Hase* von Zoé unbemerkt in den Garten gehoppelt und von dort über die Dächer der umliegenden Häuser. Zur nächsten Essenszeit aber zurückgekommen: zum Frühstück. – *Tatters! Weg da, du Mistvieh!* (67), habe Dieter gegen Wellen und Gischt gebrüllt, als er vom mit den Restrahmherzen bestückten Frühstückstisch her sah, wie der Hund auf sein Karnickel, *sein Name ist Hase,* zujagte und er habe den wasserzotigen und fischschwanzigen Köter mit einem heftigen Fußtritt aus seiner Wahrnehmung über die Häuser befördert, erzählte er am übernächsten Tag am Freitagmittagstisch. Wir aßen leichte Fischsuppe, tranken alle Wasser. Hätten wir ein Gorgonzolasandwich mit scharfem Senf und ein Glas Burgunder bestellen sollen? Egal, kein Kaninchen jedenfalls. So abgehäutet und hohläugig.

Achtung, zielendes Zitat! *Aber es gibt Leute, die mögen verdorbenes Wild. Hasenpfeffer. Aber erst mal fangen, den Hasen, Pfeffer auf den Schwanz. Chinesen essen Eier, die fünfzig Jahre alt sind, blau und grün schon wieder. Jedes Gericht an sich harmlos, aber könnte sich innen mischen. Idee für eine geheimnisvolle Giftmordgeschichte.* (245)

Genug! Ist! Genug! Zumkotzen! Keinzitat!

Zitate aus: James Joyce: Ulysses, Frankfurt/M. 1981, Übersetzung: Hans Wollschläger.

Stop! Halt! Lasst mich, *diese* Stelle, muss ich noch –

Patrice, zu Hause auf Urlaub, lappte warme Milch mit mir in der Bar MacMahon. Sohn der Wildgans, Kevin Egan aus Paris. Mein Papa ist ein Vogel, er lappte die süße lait chaud mit rosa junger Zunge, feistes Karnickelgesicht. Lappen, lapin. Er hofft, mal in den gros lots (womit wir bei Dieters Pferdewette wären) zu gewinnen. Über die Natur der Frauen hat er bei Michelet gelesen. Aber er muß mir La Vie de Jésus schicken, von M. Leo Taxil. Hatte's an seinen Freund verliehen.
– C'est tordant, vous savez. Moi je suis socialiste. Je ne crois pas en l'existence de Dieu. Faut pas le dire à mon père.
– Il croit?
– Mon père, oui.
Schluß. Er lappt. (59)

26152 Zeichen. Sprache. Schweigen

Labor des Lebens

Ich wählte die Büronummer meiner Mutter, es läutete
einmal, wartete, dass sie abhob, zweimal, was nicht
gleich geschah, sie war wohl nicht an ihrem Platz, ins
dritte Läuten hinein flog dann wieder der Schrecken
sein Loch, pures Grauen – was Mutter nie wieder tun
würde: Abheben. Den Telefonhörer an ihrem Schreibtisch abheben, sich melden, mich, ihre Tochter erkennen, hörbar lächeln, fragen, wie es mir geht, warum
ich anrufe, und ich höre sie wie damals. Früher. Als sie
es das letzte Mal tat, das Telefon abheben, wussten wir
nicht, beide nicht, um dieses letzte, allerletzte Mal.

Tot. Vor Wochen. Plötzlich.

Sie schreibt. Sie sitzt an ihrem Schreibtisch. Sie trägt
einen weißen Labormantel und eine geblümte Bluse
darunter. Kopfgebeugt in eine Liste Ergebnisse eintra-
gend. Sorgfältig. Unbewegt das Bild. Die Fernbrille an
einer zarten Perlenkette auf ihrem beachtlichen Brustkorb liegend. Das zweisphärige Mikroskop rechts vor
ihr. Hinter ihr in der Wand des abgedunkelten Zimmers eine quadratische Öffnung und ein Durchgang in
den nächsten helleren Raum. Sie schreibt, und ihre linke Hand liegt auf der Klammer, welche die Formulare
auf der Unterlage fixiert. Neben den Fingerknöcheln
der rechten ein weißes, grün bedrucktes Plastikfläsch-
chen: *Tipp ex.* Die Hand berührt es beinah. So ver-

sunken in Stillstand. Scheinbar. Lange. Mehr als eine
Minute. Die Bewegung des Schreibens, kaum sichtbar,
verändert den Raum zwischen Hand und Fläschchen.
Wie die Fernbrille auf dem Brustkorb sich senkt und
hebt und senkt und hebt, sacht, und innerlich beweg-
ter, als die Schreibhand. (01:20)

Wieder von vorn: Ich sehe das Video nochmals an.
Es beginnt und endet mit einer Schwarzblende. Der
Mann geht nach drei Loops, meine Hinweise beden-
kend, wie er sagt.

Ich wollte gehen, eher als an anderen Tagen, doch
kurz vor Büroschluss saß ich noch am Schreibtisch.
Plötzlich der Impuls sie anzurufen. Wusste nicht, wie
man Brandteigkrapfen macht. Geläufig die Nummer
gewählt: Glatt oder griffig. Mutter fragen. Ich war
wütend, als ich den Hörer hinschmiss, weil mir ihre
Leerstelle zu spät wieder einfiel. War nicht des Schmer-
zes Matador.

(01:21) Ihre linke Hand im Vordergrund des Bildes. Am
Ringfinger, in Amerika am linken, der Ehering. Die
Zeiger ihrer Armbanduhr: Zwanzig vor sechs. Das
goldfarbene Gliederband gegen den Handrücken ge-
schoben, als habe sie eben zuvor auf die Uhr geblickt.
Die dunkelgeblümte Blusenmanschette vom Ärmel des
Labormantels teils bedeckt, ein Namensschild auf der
Brusttasche. Den Namen kann ich nicht lesen, erahne
ihn bloß, die Beschriftung der Koje – M A R Y.[1] Zwi-
schen Falten hineingeschlüpft. Zeitreserven. Löcher.

Hervorgetreten in Slow Motion. Zur Welt gekommen.
Hinein. Vier unbesetzte Sessel. Ich nahm den zweiten,
Mary direkt gegenüber, die sich nicht zu bewegen
scheint – bis ich eine Regung bemerke. Die atmet.

Ja! Atmet. Ich sehe zu wie ihre Schreibhand den Stift
ablegt, in Zeitlupe. Während zugleich ihr Kopf sich
hebt, durchgleitet ihre Mimik eine Serie von Gesichtern. Frequenzüberhöht. Detailgetreu. Das Rauschen
der Zeit gedehnt. Laut und fremd die Eintönigkeit des
Röntgenlabors: Frequentes Dröhnen, Kontrollmaschi-
nen. Ihr Atmen: Lässt mich ihr gegenüber atemlos ge-
spannt. Um Mary herum rauscht und schrillt es. Kaum
Bewegung. Ihr Lidschlag fällt endlos langsam (02:01) –
hebt sich der Kojenvorhang und schlägt Licht von
draußen ihr ins Gesicht, die Leinwand. Ich sehe hoch,
der Mann quert meine Sicht, lässt sich auf dem vierten
Sessel nieder. Die Situation wird rasch vertraut.

(02:13) Der zweite Lidschlag öffnet auch ihren Mund
spaltweit, der einen Sog einzieht, der ihr die Stirn stört.
Sie hebt den Kopf, spreizt ihren Ringfinger. Der Stift
liegt am Schreibtisch jetzt. (02:25) Ich spüre, wie der
Mann neben mir, der gezögert hatte Platz zu nehmen,
von dem Geschehen erfasst, in diese momentpralle
Studie fällt, bildgedehnt in Normalgeschwindigkeit, wie
er es nun, an sich selbst erinnert, ebenso gebannt be-
obachtet wie ich. Keine gemeinsame Geschichte bislang.

Ihr Blick dem Hiersein entwunden, in Entferntes abwe-
send, ihr Mund, eben noch genährt von einem Funken

satter Erinnerung: Einmal noch als ob alles wie früher
wäre – normal. Streifte da tatsächlich die Andeutung
eines Lächelns ihre Züge? Auf der Tonspur liegt der
Sound eines fernen Verkehrsmittels. Ein Schiffshorn?
Entgleitet ihr die Stirn im nächsten Lidschlag zur auf-
gewühlten Angstsee. (02:47) Und schlägt die Verzweif-
lung mit der folgenden Lidbewegung (03:17) erneut zu.
Eisern. Unumkehrbar die Richtung der Zeit. Nun weiß
ich, der Mann wird bis zum Ende dieses Durchgangs
bleiben und wird auch den versäumten Beginn an-
sehen, den ganzen Loop vielleicht noch einmal.

Facette um Facette beachtend: Ein Papiergewicht aus
Glas, darin eine rote Blüte optisch vergrößert, das
Fläschchen *Tipp ex* daneben – Zeitlöscher. Selbstver-
gessenheit. Eine Lupe. Das Mikroskop. Phiolen mit
Blutproben. Ihre Bluse narzissengeblümt, violett, rosé,
grau. Was ich nun sehe: Den goldenen Buddha im
Hintergrund, vor dem großen Schirm mit dem Rönt-
genbild eines Schädels, oder eines ins Helle führenden
Tunnels? Da sitzt ein Buddha im Röntgenlabor, sage
ich überrascht zu dem Mann. Wo? Ich trete an die
Leinwand heran, zeige mit dem Finger. Da. Und daneben eine Nautilusmuschel, bemerkt er, während Mary
ihren Kopf maschintongetaktet ins Leiden sinken lässt.
Ihn wieder hebt, ihren Blick auf etwas schräg links
oben, weit außerhalb des Bildes, richtet, sich die Finger
ihrer rechten Hand spreizen, und betritt jetzt (03:37)
eine Kollegin den helleren Raum dahinter. Meine Gedanken treiben um den Nautilus: Kopffüßer, Millionen
Jahre alter Tiefseebewohner. Schneckenförmiges Ge-

häuse mit durch ein Drucksystem verbundene, septengetrennte Perlmuttkammern, welche den Auftrieb regulieren. Das Tier selbst bewohnt immer nur die letzte Kammer, die jüngste. Fortbewegung wippend kaum zwei Zentimeter pro Sekunde. Mathematisch betrachtet entspricht die Steigung seines Gehäuses dem Goldenen Schnitt. Fibonacci? Beobachte dabei den Mann aus dem Augenwinkel. Mittelgrauer Kammgarnanzug. Kulturmanager.

Ein Lichtblick huscht Mary übers Gesicht. Rückblick, Idee glücklicher, ferner Zeit, vermute ich. Tatsächlich entspannen sich die Züge unmerklich, doch gewaltig: Trost oder der Hingabe an Unausweichliches folgend (04:07–04:23), bevor ihre Mimik erneut alle Schmerzregister zieht, im Profil, kopfgesenkt wieder. (05:52) Weinend. Die Tränenspur unter dem linken Auge, als das Gesicht sich uns zuwendet. (07:05) Seinstäler. Sie durchmessen spendet Seelenruhe.

Geschüttelt vom Schluchzen, gekrümmt und unfähig mich zu rühren, von Schwarzblenden in den Fauteuil gedrückt, krötenwürgend, als mir jemand kühl ins Gesicht konstatierte, der Tod meiner Mutter mache mich immer noch sehr traurig. Mich beobachtend. Zwanzig Jahre danach unter dieser Lupe wie ein konserviertes Laborpräparat.

Vorne rechts im Bild ein mit bunten Schmetterlingen bedruckter Kaffeebecher aus weißem Porzellan. Oberhalb von Marys Kopf an der Trennwand zum

Nebenzimmer zwei hochgeschobene Röntgenschirme, links eine von der Decke ragende Röntgenleuchte. Im Nebenzimmer immer noch die andere Person, sichtbar durch die Wandöffnung, als Mary ihren Kopf in ihre hochgehende rechte Hand sinken lässt. (07:27) Ein Telefon läutet. Einmal. Leben – Intensivstation des Leidens. Läutet ein zweites Mal. Zukunft, die nicht mehr sein wird. Vergangenheit ohne Jetzt. Wendet das Gesicht in die Frontale, Mundschlitz und Augenschlitze. Die Finger ihrer linken Hand ziehen sich von der Papierklammer zurück, (08:40) entströmt Marys Mund ein Angstatem, entlässt ihr sich allmählich aufrichtender Oberkörper die rechte Hand langsam, unendlich langsam, sinkt auf den Schreibtisch. (09:55) Läutet das Telefon ein drittes Mal, die wiederkehrenden Kontrollgeräusche peilen Schmerz. Das vierte und fünfte Mal während das Gesicht sich hebt, Angstspiegel, gedehnte Lautsprecherstimmen wie unter Wasser klingen, (11:00) atmen, bloß atmen, und wieder schauen, zu Boden und aufschauen, eine Schmerzwelle halten, während die Kollegin im Hintergrund aus dem Zimmer verschwindet, bleibt Mary. Das Licht im Hinterzimmer erlischt, (12:46) strebt die rechte Hand dem Kopf entgegen, Marys Lippen flattern Luft. Minimale Bewegung. Augen geschlossen. Tönt eine Lautsprecherstimme ins Unverständliche. (13:02) Mary bringt den Oberkörper von links nach rechts, den fallenden Kopf, Augen geöffnet. Lidschlag. Ein Anhalten. Im nächsten Lidschlag hebt der Kopf sich, sinkt die Hand, findet die am Schreibtisch ruhende Gegenhand, bedeckt ihre Finger. (14:31) Ein Spalt bleibt: Zwischen Zeigefinger und Mittelfin-

ger der abdeckenden rechten Hand blitzt der Ehering
hervor.

Wir sprachen nichts mehr, nichts bis zum Ende des
Loops. (15:47) Der Mann neben mir verharrt. Bevor die
Schwarzblende wieder aufgeht, frage ich ihn, woran
Mary wohl leide. Als sie schreibend wieder erscheint,
erklärt er, sicher würden unerwünschte Ergebnisse
ihrer Forschungen sie verzweifeln lassen. Es dauert
zwei weitere Durchgänge, bis wir alle Details der
knapp sechzehn Minuten benennen und analysieren:
Zimmer, Einrichtung, Licht, Gegenstände, Bewegung,
Kleidung, Stimmen, Töne. Wir sprechen in der ver-
dunkelten Vorführkoje über Gott und die Welt, isoliert
vom Außen, über Bilder der Renaissance, in denen jede
Einzelheit Welt erklärt. Meine Sichtweise von Mary
ist eine persönliche, eine von unwiederbringlichem
Verlust, was ich ihm jedoch verschweige. Wahrscheinlich Marys Ehemann, sage ich. Worin mir der Mann
zustimmt, als ich ihm zeige, wie sich in der letzten
Minute der zwischen Zeigefinger und Mittelfinger verbliebene Spalt der herabgesunkenen rechten Hand allmählich schließt, durch den der Ehering an der linken
Hand noch zu sehen war. Abblende.

Ja, sagt er, als er aufsteht und geht, wobei sich mir
ein Blick auf das Futter seines feingrauen Kammgarn-
anzugs eröffnet: Dieselbe Farbe wie seine mit kleinen
Rhomben rapportgemusterte Seidenkrawatte, cognac.
Ja, sagt er, die Frau hat in diesem Moment den erlitte-
nen Verlust angenommen, Hoffnung geschöpft, sich

erkannt. Und wird weiterleben, wen immer sie verloren hat.

Eine Episode von einer Minute. Graduell. Langsam. Überrealistisch. Oder zwei vielleicht. Längstenfalls. Bewegungsvorgänge, denen das Auge bei natürlicher Geschwindigkeit nicht folgen kann. Als ich das Café des Museums betrete, sitzt der Mann auf der Terrasse. Ich setze mich zu ihm, wir sprechen über unsere Berufe. Er ist ein internationaler Werkzeugeinkäufer. Buyer nennt man das. Hatte in der Stadt zu tun. Das erzeuge Synergien. Preisvorteile. Und er reise nun wieder heim. Werkzeugeinkäufer stellte ich mir bislang hemdsärmeliger vor. Später, als ich M A R Y noch einmal sehe, tritt aus dem momentgelüfteten Vorhang der elegante Geschäftsreisende ebenfalls wieder in die Vorführkoje ein, in dieses zeitgedehnte Labor des Lebens. Warum, frage ich. Weil mich die Trauer und das Leiden von Mary noch beschäftigen, weil mir diese Bilder einfach nicht aus dem Kopf gingen, sagt er.

1   Video-Installation M A R Y von Bill Viola

Malheur und Manöver

Ein Missgeschick wie jenes, das meiner Reise nach Rom voranging, hätte meine Mutter, hätte sie davon erfahren, als schlechtes Vorzeichen gedeutet und sich Sorgen gemacht. Auch, wenn sie, wie ich, davon im Nachhinein erst gehört hätte, und, wie in meinem Fall, diese Geschichte Fußnote meiner am darauffolgenden Tag angetretenen Bahnreise blieb. Kein kausaler Zusammenhang. Das Menetekelraunen meiner Mutter stets abgetan, werden ihre Marotten mir eigen nun. Fährt sie mit mir mit und ist nicht abzuschütteln, wiewohl ich jetzt älter bin, als sie wurde, und jeder Tag uns mehr voneinander trennt und sie sich täglich weiter von mir entfernen müsste. Statt in mir zu fruchten. Mitnichten. An mir seh' ich nun erst, wie sie war. Wird mein Gehabe dem ihren gleich und mein Gesicht auch.

In der Tat fand sich am nächsten Tag eine Notiz in der Zeitung, die ich im Speisewagen hätte lesen können, die Ausgabe lag auf. War aber in einer Seitentasche meines Koffers verstaut, bevor ich den Speisewagen verließ und viel später, bei meiner Heimkehr erst wieder entdeckt. Was mir über den Zwischenfall bekannt wurde, bekam ich während des viertelstündlichen Aufenthalts in Mestre durch die lautstarke Unterhaltung zwischen zwei Bahnbediensteten mit, Zurufe, Halbsätze, über Gleise hinweg, als der Zug am nächsten Tag diese tägliche Strecke planmäßig abwickelte. Wenn nicht ein Malheur den gewohnten Ablauf kreuzt, braucht der Romulus EC 31 von Wien nach Rom dreizehn Stunden und zwei Minuten.

Im heftigen Bremsruck stellt der Kellner ein volles Glas vor mir ab. Draußen wimmelt es. Eine Neonschrift leuchtet Grellpink. Lautsprecher unverständlich, monoton: Abfahrtszeiten, Destinationen. Menschen streben Ausgängen oder Zügen zu, niemand sticht hervor. Immer neue schleusen Gepäck, Stimmen, Gerüche und Hitze durch den Speisewagen und verdampfen pneumatisch zischend hinter der Tür in den nächsten Waggon. Vibriert dicht geballt dickes Geräusch heran, frisst's Reklamepink einer Bar am Bahnsteig und sein kleines *a* zuletzt. Zieht auslaufende Sequenzen von Fensterfolgen. Waggons. Einblick in Szenen. Kurz haltlos. Ununterscheidbar, ob der einfahrende Zug zum Stillstand kommt oder anrollt jener, in dem ich sitze. Die Kader verlangsamen, steht auch der Zug am Nebengleis. Ich bestellte Toast beim Kellner, der den einfahrenden Zug ebenfalls beobachtete. Mestre.

– Jetzt nicht, *niente corrente*. Der Zug werde in Mestre *gestürzt*. Kein Strom, bevor die Lok ans andere Ende des Zugs gekoppelt ist. *Niente toast, scusi*. Was anderes vielleicht? *Un tramezzino?*

Während ich die weißen zellophanierten Dinger prüfe, höre ich die Stimmen zweier Männer. An offenen Fenstern über die Distanz der nebeneinanderstehenden Züge, Küchenpersonal. Pause. Plaudern übers gehabte Wetter auf ihren Strecken. Einen kann ich sehen, den anderen hören nur. Der drüben nennt mehrmals eine Abfahrtszeit, *il sette e diciotto, il sette e diciotto, sì,* und ich verstehe, sein Zug kommt aus Rom, wohin unsrer unterwegs ist.

– Unser Siebenachtzehner gestern ist abgebrannt, höre ich den einen sagen, sehe den drüben staunen und frage mich: Abgebrannt, ein ganzer Zug? Drüben ungläubiges Grinsen nun.

– Doch, doch. Kurzschluss, schreit der unsrige hinüber, *un corto!*

Drüben glimmt die Zigarette auf, der Raucher nickt eh' schon wissend und bläst Kringel in die Luft, lehnt sich gegen beide Richtungen kurz weit raus und schmeißt den Tschik an unsren Waggon, zieht seinen Kopf zurück.

– *È in ritardo?* fragt er noch.

– *No, no, è in orario,* hör' ich antworten.

– Nein, nein danke, kein Tramezzino, deute ich dem Kellner und dabei *catcht* mich eine Geste aus dem Inneren des Speisewagens und ich falle ins Gegaffe einer Frau, die, blickertappt, belanglos auf kürzere Distanz ihr Augenmerk heftet: auf den älteren Mann, ihr Gegenüber, und während der in seiner Tasche etwas sucht, unterziehe ich diese Frau meiner Abschätzung.

– *No, nessun ritardo.* Drei Minuten Zeitverlust nur bis Padua und ab Bologna planmäßig, *giusto in orario,* hör' ich noch raus.

Und folgere, es hat kein ganzer Zug gebrannt, nicht alle Waggons. Der andere fragt, wo auf der Strecke es passiert sei, was mich jetzt auch brennend interessiert.

Auch andere Fahrgäste hören schon hin.

– *Qualque minuto prima di Mestre,* hat in der Küche begonnen, und wir alle raus in die Erste.

– Und, ganz ausgebrannt?

– Alles angekokelt, die ganze Einrichtung, wir haben ihn in Mestre stehen lassen, den Speisewagen.

Und wieder, weiter vorne im Waggon, diese kleine Bewegung, die mich fesselt – eine Frau, ihre auffliegende Hand in einer Drehung abrupt gestoppt, knapp luftstehend und, kaum merklich, Kopfsenken: als erwarte sie, ihr falle was aus'm Haar, ein Gedanke oder eine Krone, bevor sie die Strähne wegsteckt. Diese Geste. Genauso. Wie die Frau da vorn ihr Haar richtet. Charakteristisch. Aufschaut. Und jetzt an mir hängenbleibt, blickverloren durch mich hindurch, in innere Bilder schweift, vielleicht. Plötzlich sichtlich spürt: ist in *mein* Interesse geraten und wegsieht.

Sie erinnert mich an meine Mutter. Die Kochgehilfen schreien nicht mehr von Zug zu Zug. Ich konzentriere mich auf diese Bewegung, schaue hin: die Hand, ihr kurzer Stopp, ein Horchen auf Inneres, verbunden mit Unruhe, Nervosität, Muster der Ungeduld.

Die Frau spricht zu einem Mann, der vielleicht zufällig ihr gegenüber sitzt, wie mir Art und Weise beider Körperhaltungen zeigen. Sie ist jünger als ich, hübsch und von prägnanter Blässe, rothaarig, vielleicht gefärbt, trägt ein helles Leinenkleid. Ihr linkes Bein wippt und ragt mit jedem Vorschnellen ein wenig weiter in den

Gang hinein, und ich sehe voraus, zuversichtlich, dass der Kellner darüber zu Fall kommen wird. Sie trägt helle Schuhe, flach wie Herrenschuhe. Habe die besondere Geste, mit der sie lose Haarsträhnen verortet, aufgefangen, als wäre sie ein Ball. Zurückgeworfen auf meine Mutter: Dieser Kniff, genau so, mit dem meine Mutter ihr Haar ordnete. Die Frau dort vorn im Waggon erinnert mich an sie, sieht ihr kaum ähnlich, die Augen aber: braun das eine, blau das andere. Blicken wie aus verschiedenen Fernen in verschiedene Dekaden.

Damals war sie dreiundzwanzig. Und geht über die Bahngleise hinter dem Zinshaus, in dem wir wohnen. Hält mich im Arm. Wir tragen Nylonkleider im gleichen Muster. Sommer. Der Wind verbläst die Frisur meiner Mutter und sogar auf dem kleinen Foto ist die eine schlohweiße Strähne in ihrem Schopf zu erkennen, die sie jung, nach einer einzigen Nacht plötzlich hatte, wie sie sagte, immer wenn wir im Familienalbum an dieses Foto gelangten. Sie lacht, und ich auch. Ich drehe mich von ihrem Körper weg, winke meinem Vater zu, der vom Bahndamm her durch die Kamera schaut. Gleich drückt er ab. Jetzt. Meine Mutter stellt mich zu Boden wieder, und ich laufe jauchzend zu ihm hinüber in seine Arme.

Zu diesem Bild gehört noch eine Geschichte.

Eine, die zugleich erzählt wurde, jedoch nicht dazugehörte. Sie passierte in meinem ersten Winter, keine eigene Erinnerung, ich war Baby noch, als meine Mutter mit mir auf dem Arm die Bahngleise hinterm Haus querte, sich den weiteren Weg über die Straße und die Brücke abzukürzen. Gingen nachmittags um vier los, meinem Vater entgegen, der auf dem Heimweg war. Sie trug neue Schuhe, leichtsinnige Pumps mit schlanken Absätzen, keine Winterschuhe zu diesem schweren Wintermantel, den sie durch viele Saisonen schleppte. Es waren vier oder vielleicht fünf Gleise, zusammengeschobene Haufen von Schnee dazwischen. Es schneite still und dicht. Dämmrig schon. Am letzten Gleis ist meine Mutter mit einem Stöckel hängen geblieben. Der Schuh entglitt ihrem Fuß. Dann sah sie die Lichter der Dampflokomotive, die größer wurden. Erst als sie sie sah, hörte sie die Lok nahen.

An meine Kindheit erinnere ich mich kaum. Meine Erinnerung ist, was die Fotos zeigen, die mein Vater in Alben klebte und mit weißem Stift beschriftete. Schwarze Seiten zwischen raschelndem, weißem Spinnwebpapier. Akribisch festgehalten. Rascheln macht Geheimnisse.

Die Fotos leuchten mein kindliches Ich aus. In dem Baby, das ich darin sehe, erkenne ich mich kaum, eher nur meiner Mutter wegen, die mich hält, und erst durch die immer wieder gehörten Kommentare beim Durchblättern der Alben verdichteten sich die Fotos zum ichformenden Sog, zum breiten Strom Erinnerung. Illusionen, denen mein Vater in Lapidarschrift Namen, Orte und Zeiten zuschrieb. Unter den leicht verwischten Schnappschuss, auf dem meine Schwester mit einem sie überragenden Wanderstock abgebildet ist: ISA ALS RÜBE-ZAHL V E R W A C K E L T VON MUTTI im Februar 1968.

Oder: MIT GABY UND ANNI AM SCHÖNBLICK (ohne Jahres-angabe). Sie beugte sich über meinen Kinderwagen, putzte mir die Nase, richtete meine Mütze, zupfte an der Decke und kauerte sich neben den Kinderwagen in meine Augenhöhe. Sie trug eine helle Pillbox aus weichem Filz zum leichten, dunklen Stoffmantel, eine helle Bluse mit Schluppe darunter, und wir blickten meinem Vater lächelnd ins Objektiv. Sie verehrte Jackie Kennedy.

Wir wohnten noch in Innsbruck. Bald in Wien dann. Vorübergehend in einer Wohnung im Lagerhaus am Frachtenbahnhof nahe der Lassallestraße. Bis wir in die Südstadt zogen, und auch dort nicht länger blieben. Ich war lieber am Bahnhofsareal gewesen: ein weites Gelände zum Spielen vor der Haustür, Bereiche mit vielen Schienen, die zu betreten mir verboten, überall keine Autos, bis auf den polierten Mercedes des Verwalters, viel Gestrüpp und Ruderalpflanzen rundherum und jede Menge Fundstücke darunter, Scherben, Kröten tote, nestflüchtige oder katzentote Vogeljunge, offene Dosen Fisch, Schmierseifenreste, Schillingstücke, Fünfer manchmal, selten Zehner sogar, oft aufgeschundene Knie und Schulanfang, bald. Und den Wurstelprater für Sonntage in kurzer Gehdistanz. Einmal Winter, einmal Sommer. Jener Sommer, in dem meine Schwester an der Hand meines Vaters im Hanns-guck-in-die-Luft-Hinunterwandern an die Lassallestraße ein Flugzeug am Himmel beobachtete.

– Ist das eine Boeing oder eine Caravelle?

– Weder noch.

– Wedernoch, so ein blöder Name!, ärgerte sich Isa, stemmte ihre Ärmchen in die Hüften und ihr Stimmchen in Empörung. Oder Winter. Jener, in dem ich auf Socken hüpfend in der Küche in einen Apfel biss, kauend ausrutschte und kopfwärts gegen die Kante der Küchenbank knallte, (die seit langem in der Wohnung meines Vaters auf dem Balkon steht), Schrecksekunde, losplärrte, Blut am Apfel, aufs Linoleum tropfte, eine Lache rasch. Mein Vater mich hochnahm, ein Tuch zwischen sich und meine heftig blutenden Lippen drückte und an der Tür des Verwalters läutete, ob er uns im Mercedes in ein Spital verbrächte, der aber bei einer Jause oder bei einer Geliebten Sonntage verbrachte und wir uns allein durchschlagen mussten, wer reitet so spät durch Nacht und Wien, sagte mein Vater, wenn er es erzählte: über die Schneehaufen, durch Dichtgestöber und scheppernde Windböen an den Praterstern, mit einer letzten Straßenbahn zum Schwedenplatz, dort kein Weiterkommen mehr, Verkehrsbetriebe wetterbedingt behindert oder eingestellt, ein Polizist aus einem der erhöhten Ein-Mann-Glashäuschen, aus denen heraus Polizisten damals ampelregelten, uns einen Autofahrer aus dem Verkehr fischte, ihm auftrug, uns in die Unfallstation der Rudolfstiftung zu chauffieren. Alles Weitere dieses Vorfalls erinnere ich nicht mehr, nur die Narbe an der Unterlippe, wenn ich sie über meine unteren Zähne spanne, seh' ich im Spiegel noch. Und erinnert mein Vater das alles seit zwei, drei Jahren nicht mehr. Auch nicht, wenn ich's ihm wieder erzählen täte würd' er's vergessen gleich wieder und mich anlächeln bloß. Bleibt mir sein Lächeln noch. Lese ihm vor. Flüchtige Sätze.

Oder meine Mutter wieder: Wie sie, meine Schwester und mich, Vorschulkind und Erstklasslerin, links und rechts an der Hand, am Bahnhof Landstraße aus der Schnellbahn aussteigen wollte, deren Waggons wie mir scheint, baulich unverändert bis jetzt, zwei sehr hohe Stufen zum Bahnsteig hinunter oder in den Waggon hinauf haben. Trennt zudem eine Griffstange die Öffnung dieser Ausstiege und Einstiege in zwei schmale Durchschlupfe, geeignet, eine handverbundene Dreiergruppe wie die unsre war, zum Hindernis und Ärgernis für eiligere Menschen zu machen. Da entdeckt Isa eine riesige Schlagzeile am Kurier eines neben den Zugtüren Stehenden und nimmt sich Zeit zu buchstabieren:

M_O_R_D_K_O_M_P_O_T_T
A_N   K_E_N_N_E_D_Y

- Mutti, Mutti, was ist das, Mordkompott? Isa steht noch immer oben im Ausstieg, den Haltegriff fest umklammert, unsere Mutter zieht sie ungeduldig auf den Bahnsteig. Aber, was ist ein Mordkompott!, beharrt Isa. Die Wartenden oben und unten grinsen.

In dem großen Loch im Fußboden vor dem Herd in der Küche ist meine Mutter eines Tages verschwunden. Sie war weg und sie ist nie wieder aufgetaucht. Graublaues Linoleum lag über dem Loch, überdeckte es, wohl immer brüchiger werdend, man konnte es nicht sehen. Wir hatten keine Ahnung, dass dort ein Loch darunter war. Mein Vater nicht, meine Schwester nicht und ich nicht. Selbst meine Mutter nicht, wiewohl man nachher nicht wirklich behaupten konnte, sie hätte nichts über das Loch gewusst. Was dieses Loch in dem abgetretenen Holzfußboden, auf dem das schadhafte Linoleum lag, betraf, war sie nicht ahnungslos gewesen. Zwar wusste sie nicht, dass es da war, aber als sie es brauchte, um darin zu verschwinden, wie sie manches Mal angekündigt hatte, dass sie könnte, wusste sie es zu finden, einfach weil es sich auftat. Welchen Grund sonst hätte sie gehabt, darin zu verschwinden?

Sie hat den Schuh im Gleis stecken lassen und ist aus dem zweiten geschlüpft. Instinkt, nicht bewusst. Und flink übers Geröll gesprungen. Was sonst? Vom Bahndamm aufgefangen. Schneegelandet und schweißgebadet, die Druckwelle im Rücken fauchte uns verächtlich an. Mein Gesicht an ihre Brust gedrückt, in den Pelzkragen. Und hat sie nachher erst die Schuhe eingesammelt wieder. Allein. Mich zuerst zu Bett gebracht. Die Schuhe, unversehrt geblieben, trug sie jahrelang noch. Da vorn im Speisewagen wippen die hellen Herrenschuhe der Frau mit den seltsam bunten Augen immer noch und der Kellner sieht darüber hinweg und steigt formvollendet drüber. Kommt mir vor wie *Dinner for One*. Irgendwann stolpert der Butler doch. Das gleisüberwindende Gespräch der Küchengehilfen liegt fern, das Fenster des Speisewagens gegenüber hochgezogen wieder. Aus dem weißen Deckanstrich des Fensters daneben, des Zug-WCs, ein hervorgeritztes Wort, erscheint mir in Spiegelschrift, unleserlich. Das weißblinde Fenster erinnert mich an das Spinnwebpapier zwischen den Seiten der Fotoalben meines Vaters. Man weiß, was dahinter ist, sieht es nicht, ahnt es nur. Ich höre Teller zu Boden fallen, zerspringen, und die Gespräche im Speisewagen haben einen kurzen Aussetzer. Die Frau, die mich an meine Mutter auf unseren Familienfotos erinnert, bestellt den Kellner mit einer fordernden Geste ein, zahlt, verabschiedet sich knapp vom Zufallsgegenüber und geht durch die pneumatische Tür in einen hinter meinem Rücken liegenden Waggon ab. Aus den Augen, aus dem Sinn.

Der zurückgelassene Passagier: Wie der Schlohkopf des Matrosen!, blitzt mir auf. Locken wie alter Schnee. Längst tot, der Matrose. Heuerte am Theater an. Abgemustert und danach: Obermaschinist am Schnürboden. Diese Ungeschicktheit: weil er nicht mehr zur See: was sein Malheur im Eigentlichen, Verhängnis: Am Haus, an dem meine Mutter statierte und Komparsin fallweise war. Handkonterzug, Kommandotau. Aus dem Schlitten die Gewichte: Wo sie drunter stand.

Ich starre aufs schlohweiße Haar des Mannes, von dem die auffällige Frau sich entfernte, und der wendet sich um, als spürte er mein Taxieren, nicht unsympathisch, als suche er etwas, randlose Brille, sucht vielleicht eine neue Gesprächsgelegenheit, gute Gesichtslinien, oder eine neue Sitzgelegenheit, kluger Blick. Ich sehe trotzdem weg. Dass ich meinen Toast jetzt haben könne, dient der Kellner sich an, ich verstehe *Trost,* winke ab, kein Bedarf. Draußen geht das Quengeln des Lautsprechers los. Abfahrtszeiten, Umsteigemöglichkeiten. Unverständlich.

Ein Zug rollt an, kurz Zweifel wieder, welcher fährt? Ich warte und erkenne: Noch stehen wir, und der Zug am Nebengleis entschlüpft dem Bahnhofsdach von Mestre von rechts nach links, lässt, über *a, t, i, c, s, e* zum großen *M,* die knallrosa Aufschrift hinter seinem letzten Waggon die Buchstaben immer schneller hervorspulend wieder 's ganze Wort zurück. *Mescita. Ausschank.* Im Kiosk steht ihr Pinkschimmer in den Gesichtern der trinkenden Menschen. Lese glückliche Anonymität und ansteckende Freude heraus. Motiviert auszusteigen: in die Bahnhofsbar hinein, in ihre Büroschlusslaune eintreten. Will bleiben.

Der Kellner wirft eine im Vorbeigehen aufgeschnappte Bestellung schulterüber seinem Zweiten hinterm Tresen zu, *un whiskey, un caffè,* steuert den Weißhaarigen an, der ihm *il conto* deutet, stolpert endlich über mein Manöver, als ich im gerade rechtzeitigen Wechsel meiner Sitzposition mein linkes Bein dem rechten überschlage, fängt sich eben noch, streckt mir, sich entschuldigend, eine Zeitung entgegen, hatte keine bestellt, stecke sie aber ein. Ein kleiner Ruck: Unser Zug fährt an – gegen die bisherige Fahrtrichtung. Ich zahle und gehe. Rom entgegen. Durch die aufzischende Tür in den voranliegenden Waggon.

Traum schleifen

– am 14. März 2017 in der Früh Salzburg zum Provinz-
bahnhof verkommen. Eine Hütte. Zweigleisig vor-
beiführende Schienen die sich in einiger Ferne jeder
Richtung auf einen einzigen Strang wieder verlieren.
Dschungelkaff. Notdürftig auf Holzstelzen gestellte
Bretteradaption. Aufschrift in der typischen blauweißen
Typografie – Salzburg Hbf. – dieses ÖBB-Nirwana: Völlig
verwachsen und verwildert, umwuchert von Philodendron, Orchideen, Lianen und anderen die Bretterbude
üppig bedrängenden Urwaldgewächsen, deren Namen
ich nicht kenne, deren Wuchskraft sich durchs Holz-
dach gebohrt, es geschlitzt und verzogen hat. Ich war
nicht ohne Grund ausgestiegen, jedenfalls nicht, weil
ich da aussteigen musste. Es war dieser letzte Ruck des
Stehenbleibens des Zuges, an dem ich aus dem Traum
herausgefallen bin – der gleich weitergeht. Doch Halt!
Dieses Salzburg wirkt satt und zufrieden, wenn auch allzu idyllisch, wo doch, da lasse ich mich nicht täuschen,
jede Liane eine Schlange, jede Orchidee fleischfres-
send und jeder Philodendron luftwurzelfesselnd sein
könnte. Tarnung ist alles. Ich hatte mich auf dem Weg
nach Innsbruck befunden, knete ich mir die Reste des
Traumschaums zurecht: Hatte den Waggon wechseln
wollen, ja genau so war es gewesen, weil mir das unab-
lässige Erzählen meiner mitreisenden Freundinnen in
den Ohren lag wie hysterisches Affenkreischen, genau
das, und wie weiter? – was dem zügigen Vorantreiben

des Textes, an dem ich schrieb, nämlich an eben dieser Reise nach Innsbruck, abträglich war – und, weswegen ich das Weite suchen, zumindest aber in ein anderes Abteil hatte wechseln wollen. Und steige, weil der Zug anhält, der Einfachheit halber aus, renne Waggonlängen lang, in den letzten Waggon wieder hochzusteigen. Überwältigt vom Salzburgdschungel, dass mir hinterm Rücken der Zug abfährt und ich in diesem erneuten Filmriss kurz in ein sehr junges Morgengrauen aufblende, zu griesig im Licht noch um aufzustehen – auf den Bahnsteig zurückfalle und dem nur noch aus Lok und einem einzigen Waggon bestehenden Zug, nur noch Lok und Waggon, nur noch – nachsehe, wie mich die sich der Station entziehende Garnitur in verschlingender Wildnis zurücklässt. In paar Schritten an der Warteschlange vorbei zum Kiosk, in dem ein pummeliger Beamter sitzt, erfahren, wann der nächste planmäßige Zug nach Innsbruck – logische Traumfolge, wie mir scheint. Denn Träume haben im Traumdrinnen konsequente Abläufe, im Traumheraußen hernach nicht, da sind sie sprunghaft und bocksfüßig und störrig und lässt Traumwillfähriges sich nie notieren wie zugetragen. Weshalb ich nie einem professionellen Traumdeuter, gleichwo aus welcher Richtung er ankommt, mein mir Geträumtes erzählen würde. Keinem dieser Ohrvoyeure, gefallene Schriftsteller ohnehin, die, sich teuer und verständnisvoll gebend, Einfälle ausspionieren, Traumtrittbrettfahrer ohne Ticket. Hüte dich vor fremden Träumen wie den eigenen, sagte meine Mutter und ich sage, auch davor, sie in Literatur zu verbauen. Ein Stück Text im Nebulos eines Traumgeschehens beginnen oder enden lassen, ob erfunden oder gehabt, kann nichts werden. Zeugt von Unbedarftheit des Autors und Unwillen, Romanpersonal in echte handfeste Handlung zu werfen: seine Figuren wo nötig, kaltblütig, mordlustig, vorsätzlich und/oder unabsichtlich umzubringen. Wenn also ein Erzähler seine Protagonisten, und sei es auch sein Ich selbst, in einen Traum vorschickt, ist alles verloren, die Flinte schon ins Korn geworfen und das Erzählgut traumgetarnt verharmlost. Derart überleben allzu liebgewordene oder dem Autorenselbst zu ähnlich gewordene Protagonisten endlos im abgefuckten happy Enden, *traumschön,* wie meine Mutter sagte. Keine Lebensbeichte. Der harterkämpfte Prozess der reinen und schönen Lüge, denn nur diese akribische Gedankenarbeit schafft wahre Literatur, verlangt mehr. Punktum. Der Beamte am Bahnsteig schüttelt den Kopf und verzieht den Mund und sein verneinend wedelnder Arm sagt – keine weiteren Züge nach Innsbruck! Heute nicht mehr, lese ich in der seinen Lippen entweichenden Sprechblase, wiewohl es heller Tag ist, so mitten am Tag. Ich trete aus der Schlange aus und siedend fällt mir mein Gepäck ein: Texte, Bücher, Sekundärliteraturen, Konzepte, Unterlagen, Steine, Leichen. Zentnerschwer. Greife angstvoll in meine Bauchtasche, will mein Mobiltelefon zücken, die im Zug gegen Innsbruck schnatternd und fröhlich vorankommenden Freundinnen anrufen, sich meines Koffers anzunehmen, welcher beweislastig zwar, zumindest leicht beweglich auf vier Rollen wendig ist. Was ich hervorziehe, ist nicht mein verkratztes Handy, es ist ein fremdes. A brand new one mit einem bunten Papagei am Screen, der mir *Abstell-*

gleis, Abstellgleis spottet. Keine einzige Nummer gespeichert. Datenlos, völlig abgeschnitten, eingeschlossen in dem Moment rast mir's Herz im Alptraum und ich steige einfach aus. Ohnehin schottert sich auf dem knappen Kontergleis ohrenbetäubend eine gewaltige orange Bettungsreinigungsmaschine von Plasser & Theurer in den Dschungelprospekt rein. Jeder Traum hat einen raschen Ausgang. Fällt mir auch kaum je einer wieder ein, weil Träume mir im Schlaf, genaugenommen *in den* Schlaf einfallen und darin kurz fremdgehen. Und ich, sequenzlang im Illusionsgestrüpp hängengeblieben, will davon nichts notieren, kappe die Endlosschleife, stehe auf, packe, und mache mich konsequent traumignorant auf den Weg zum neuen Hauptbahnhof. Ob Innsbruck oder doch nur Bratislava habe ich noch nicht entschieden. Verreise jedenfalls bis das bereits in die tausenden von Seiten angeschwollene Manuskript *Panoramendehnung* an seinen letzten Satz anlangt und **kurz nur ist mir dabei** – (weiter siehe Fettgedrucktes oben)

Unverwandt im Absehen

Hinter mir schließt sich das Tor langsam, die Trolley-
räder stottern im Kies. Der Kakibaum prächtig in
Fruchtreife, mein Oktober-Freund. Ein VW-Bus, hellblau
vorm Terrakotta des Gebäudes, dachte, ich wär' allein,
prüfe den Bus. Eine fremde Stimme aus dem Baum und
ein Sprung daraus – sie sei Marina und mit dem Bus
angereist – und streckt mir gelandet ihre Hände hin,
die ich fasse und fallen wir, einander unbekannt, in die
Arme, lachend, und ein Früchteschauer platzt ins Gras.
Die Strecke Vorarlberg–Rom allein, in zwei Tagen, über-
nachtet habe sie im Bus. Auf der letzten Etappe nach
Colleferro habe ihr im Kreisverkehr auf der Bundesstraße eine Verkehrstafel euphorisch in die Nacht dieser
Randlage geleuchtet, ein fabelhaftes *Rainbow MagicLand*
kündend. Kein Aviso zum Atelierhaus. Es gefunden
im Morgengrauen habe sie nicht mehr gewusst, ob sie
träumte oder tatsächlich in verzaubertes Land gelangte.

Wie im Zauberland, sagt Marina, und ich verstehe,
kenne alle Jahreszeiten hier. Aus ihrem alemannischen
Norden ins südliche Oktoberende. Und im Ausrollen
ihres VW-Busses habe sie den früchteprallen Kakibaum zuerst gesehen, sagt sie und ich schreibe: Wo
die Október Kakibäumen s'Orangerot in blattkahle
Kronen hängen wie Lampions, tupfen Mimosenbäu-
me Märztagen duftig Kadmiumgelb landstrichevoll.
Trivial. Jahr für Jahr.

Als ich ankam lag der Flecken ruhig wie immer im
Glast seiner Hügelketten und die Sonne, theatralisch
rosa, orangerot und violett, versank gegen Rom, täg-
liches Kulissengeschiebe. Keine dieser Riesenkakis, wie
Marina sie monströs in ihre Bilder malt, liegt auf den
Feldern, augenweit nicht. Im Unmittelbaren meines
Blicks durchs Fenster bummelt eine Herde Schafe. Der
Hirte mittendrin, Hunde dahinter. Marina malt, was
sie erntet. Fügt täglich größere Kakis in ihre Landschaften: überdimensional, kürbisgroße, rekordver-
dächtige Artefakte, die an die Berge drücken und den
Sonnenuntergang allmählich verdrängen. Die Früchte
sieht sie, wie sie ihr im Baum vor der Nase hängen:
überreif, marmeladig, unmaßstäblich. Und erntet täglich. Schüttelt den Baum, schlägt weiter oben hängende
Früchte mit einem Stock aus der Krone, sammelt die
schönsten ein. Körbevoll. Ich bleibe drinnen, über-
blicke das Geschehen draußen. Bin dieser Landschaft
verbunden, die dem Himmel, diesig zuweilen, dann
horizontlos vertraut. Am Panoramapunkt fernab und
doch gegendweit sichtbar für alle, ob Schafschützer,
Schürzenjäger oder Scharfschütze, bin ich, heillos
verstrickt ins auflauernde Narrativ, diesem Haus in
der Ciociaria am Fuß des Hügels verpflichtet. Feile,
schmirgle und poliere mir am Schreibtisch Wörter
und Sätze raus, hinterm Fenster, durch das mir der
Landstrich frech und frecher in den Text greift, stellen-
weise die Order übernimmt. Magic Land – schreibt
sich und mich Tage und Nächte durch die stürmische
Dauer gegen längere Tage wieder. Wochen und Monate, die ich überbrücke in *solitude*. Weitermache bis mir

hinterm Panoramafenster die rechte Wange glüht und
ich raus muss, vom Schreibtisch weg, weil aus dieser
blanken Idylle alle Frühjahrssonnen nach mir geifern,
mir den Sessel unterm Hintern wegziehen, mir heiß
und schwindlig wird.

Den Faden aufnehmen irgendwo: in den harschen
Feldern vorm Fenster. Dort, wo der Schäfer seine
Herde den Hügel runterlässt. Oder viel weiter draußen
im Gelände: im Gebiet La Selva, Naturschutzpark, in
dem Schrott verrostet, der an Kriegsgerätschaft denken
lässt, wo vor Wochen eine Rotte Hunde mich bestürm-
te, fratzenlefzend auf mich zu rannte. War's real im
Text nur? Halbtot aus Angst, aus Lust, aus Frust, aus
Schreibwut nur? Oder war's wirklich so gewesen? Wie
ich die Hunde zurückjagen konnte in die Marschhöfe,
ist nachzulesen. Schreib' weiter, einerlei, ob sie dir an
den Hals gesprungen oder nicht. Kein *fake*, Fiktion.
Das Halstuch, das ich trage, sieht aus, als wär's ein
Wundverband. Schreib' einfach weiter jetzt, so: ihr Ge-
kläff höllisch, ein See von hysterischem Lachen. Muss
raus, bevor ich beginne, zu glauben, was ich schreibe,
und es von meiner Existenz nicht mehr unterschei-
den kann. Von jenem Leben, in dem *ich* nicht bloß
eine willkürlich zu verrückende Figur im Stoff ist,
der mir durch die Finger fließt, den ich gewissenhaft
zuschneide und verarbeitete und am Werkstück bleibe,
bis es passt und jeder Tag wieder zu fortgeschritten,
für den Rundgang zum massigen Wehrturm, der in
Annäherung vom Süden vorerst nicht sichtbar, nach
zwei Kilometern rechts gegen Nordwest im Feldweg

hinunter erst ins Blickfeld wächst, schwalbenflirrend, fledermausschwirred in der staudenverwachsenen Senke, die zu passieren mich *thrillt*, froh erst, dem entrischen Gebiet in die Allee alter Maulbeerbäume entgangen, von wo aus das verlassene Monument, im Zurückblicken zeitlang noch sichtbar, klein und kleiner wird, und drüben am Gegenhang, oberhalb der Bundesstraße Colleferro–Paliano langgestreckte Hallen in Sicht geraten, die nicht zur Munitionsfabrik gehören, wie Marina übereilt folgerte. Landwirtschaft. Schafställe, Heustadel. Der Weg kaum begangen, begegnungslos. Ich muss jetzt Lebensmittel einholen, Vorräte fürs Weiterschreiben, und erinnere mich gerade noch: Bin zum Einkaufen verabredet.

Marina wartete am Tor, wir fuhren nach Paliano und, vollgeräumt mit Lebensmitteln, weiter in die Berge rauf, ins Hinterland. Kurvenreiche Straßen, karge Landschaft, dünne Luft. Meine Gliedmaßen im Küchenmöbel des VW-Busses verstrebt. Um Kurven geschleudert schrauben sich die bösen Hunde wieder in Gedankengänge, treiben mir Angstschweiß auf. Welcher Mut mich befähigt hatte ihnen zu entkommen, Magie, Glück wohl nur. Kaum hätten sie, an mir hochspringend, mir Gesicht und Hände freudig geleckt, schwanzwedelnd mich umsprungen. Hatte sie nicht im Griff gehabt. Dieser eine Gedanken nur: kein Angstschweiß, produziere keinen Angstschweiß! Der VW-Bus schlürft Serpentine um Serpentine. Auch seine Fahrerin erscheint im Rückspiegel geschüttelt. Wir schweigen, werden landvertraut und ich weiß: Die

Hunde werden aus meinem Text diffundieren, verwilderter noch, als sie waren, und, *sicuramente*, ich werde grausam sein. Alle werden schaudern, mehr als ich jetzt noch.

Nichts davon aber zu Marina. Sie sieht diese Gegend anders, drückt aus Farbtuben imaginäre Riesenkakis in die Landschaften ihrer Leinwände und verkocht nach jedem frisch gemalten Bild die reifsten Früchte aus dem Baum zu Marmelade. Schon steht in ihrem Atelier einer Riege Gemälde eine Batterie gefüllter Gläser gegenüber. Sie sagt, wenn im Baum keine Kakis mehr hängen, fahre sie heim, nach Rankweil heim, und lässt den VW-Bus am Kies ausrollen. Im Scheinwerferlicht vorm Abblenden ein Skorpion an der Fassade unterm Fenster.

Wir verzurrten Kartons mit in Gläsern abgefüllter Kakimarmelade und stapelten dazwischen eingeklemmt ihre Bilder in den Bus. Marina schenkte mir zum Abschied ein Aquarell vom Kakibaum und ein Glas Marmelade. Es wurde still und ich begann in jedem Baum, jedem Stein, jedem Zaun, jedem Wurm, in jedem herabgefallenen Blatt, jedem Ast und in jedem Knochensplitter verschanzte Natur zu sehen. Die Karkasse eines jungen Schafes manifestierte ihr Verrotten in einer verödeten Bachrinne über Tage, Wochen. An selber Stelle des Weges, immer wieder neu verstreut, Stachelschweinstachel, vierundfünfzig, gesammelt, alle. Marinas Kakimarmelade an stillen Tagen verstrichen. Laubfeuer neben dem Kakibaum. Yoga am offenen Fenster und donnerstags das Frühgeräusch vom Rechen des Gärtners, der die Kieswege pflegt. Häufig Regen. Allwetterbestürmt das Panoramafenster und ich dachte stets an den Kakibaum, ob seine Äste standhielten, las mir Wissen an und schrieb: Er gehöre zur Familie der Ebenholzgewächse, seit Menschengedenken in China kultiviert, werde er bis zu hundert Jahre alt. Sein Gattungsname Diospyrus bedeute Götterfrucht oder Götterspeise. Werfe das Laub ab, bevor die Früchte reifen, leuchtend orange Kakis, Lichter im Geäst. Grünen die Wiesen, ist das Marmeladeglas leer längst und das Aquarell die haltbarste Frucht.

Überfällig im Abseits des südlichen Winters in meinen Einbildungen gesuhlt, beliebig Katastrophen generiert, Stories und Heldinnen erfunden und zufällig, vordergründig oder des Wortklangs Willen nach gerettet oder getötet. Mein Leben monadisch, nicht mönchisch. Ewig Beten würde ergiebiges Schreiben behindern, monoton zudem. Kaum Dringlichkeiten, außer im Text. Kaum Umwege, kommen auch Sudoku, Solitaire und *parole crociate* nicht in Frage, aufkeimend Hunger, und wieder kein Frühstück bis um vier. Interessiert mich bloß, wie sich alles weitererzählt. Wird immer alles mir erzählt und erzähle nicht ich etwas und weiß ich zuweilen nicht, wo zuerst im Text ansitzen, wo wieder ansetzen und fortsetzen, fortsitzen von allem und mich zugleich schützen vor zuviel Einfall, überrennen mich die Bilder, überfallen mich die Biester schon wieder. Deshalb in der Früh lieber Yoga zuerst, danach *un caffè con calma* und zügig *prima*

colazione zur Beruhigung der aufgewachten Phantasie.
Die letzte Kaki verbeult im Obstkorb und ein Blick
in den Kühlschrank belehren mich: Ich muss Vorräte
einkaufen. Muss eine Stunde über Felder nach Paliano hinauf wandern oder, falls draußen gerade einer
daherkommt, im Bus die Kehren hoch, zurück im Bus
jedenfalls. Zuvor noch im Schloss der Colonna oben,
die delikaten barocken Deckenfresken, die Marina
entzückten, die zu versäumen schade wär'. Ganzer Tag
ohne Textzuwachs. Rede mir gut zu: Hol' den Trolley,
steck's Theaterglas noch ein, brich' auf jetzt!

Draußen an der Busstation wirft mir die schwache
Optik des Glases statt des Kakibaums lichtüberschosse-
ne Distanzen in Fokus und ich verzichte geblendet auf
den zügig nahenden Bus, sticht mich der Hafer quer-
feld in die andere Richtung, ins Outlet-Center, diesen
luftflirrenden Peripherien zu, *stante pede* ein akkurates
Fernglas anzuschaffen. Dort neben *Rainbow MagicLand,*
hatte Marina erzählt, neben dem Freizeitpark, liege ein
immenses Outlet-Center. Die Leute kämen von weit
her und sogar aus Rom dorthin. Kultstätten, die am
Schreibtisch ich durchs Panoramafenster immer fern
nur gleißen seh', verheißend.

Ich kam spät nach Hause. Keine Lebensmittel und statt
dem Fernglas ein Gewehr erworben, plus Munition
und Visier aus ansässiger Präzisionsindustrie. Sein Lauf
ragt aus dem Trolley. Dringlich mein Wunsch, das Gewehr zu schützen. Versperre die Eingangstür, verriegle
den Stehflügel nach unten und nach oben, drehe den

Schlüssel ein drittes Mal zum Anschlag, ziehe die Jalousien am Panoramafenster blind, sichere die Fensterläden in allen Zimmern und zur Terrasse, munitioniere das Gewehr mit Bedacht – und lehn's in die Fensterlaibung, wasche Hände und Gesicht, versorge den juckenden, dem wiederholten, glimpflich überstandenen Angriff eines Trupps Pinienprozessionsspinnerraupen erwachsenen Ausschlag am Dekolleté mit Salbe und gehe zu Bett.

Stehe früher auf als sonst, trete an den Schreibtisch, drehe die Jalousieblätter auf Sicht, schiebe das Panoramafenster stückweit hoch und den Gewehrlauf durch einen Jalousieschlitz in Augenhöhe, verstrebe meinen Körper im Fensterstock, kalibriere im Abgleich: Schweift der Leuchtpunkt über die Gegend, abzugfix, kundschaftet mir mögliche Ziele, den Schäfer. Im Fadenkreuz, rauchend inmitten seiner Herde, lächelt spöttisch und genau jetzt zuckt's in meinem faden Kreuz und entreißt ein Verzieher dem Reflexvisier das nächstbeste oder allerbeste Ziel, schmerzt jäh mein Deltamuskel auf, ich seh' den Schäfer lächeln noch, als er ins Absehen wieder steigt, auf Visierlinie im toten Punkt stillhält, seine Wimpern könnt' ich zählen, wie er dort vor einer Squadra Kakis steht und lächelt, und ich schieße.

Worauf die letzte Kaki im Baum, die größte, allerletzte Frucht der Saison, wie ein Luftballon zerplatzt und dem Schäfer orangefleischig ins Gesicht spritzt, seine Herde panisch blökend auseinanderstiebt, in die weite

Welt tobt, sich zerstreut. Der Hirte hinterdrein schallend lacht, hinkend aus der Szene hüpft. Und dabei vielleicht denkt – Endlich was los hier! Mir scheint eins seiner Beine verkrüppelt, der linke Fuß, war's ein Huf? Ich senke den Lauf, nie vorher mit einem Gewehr geschossen, geschweige denn je zuvor eins in Händen gehabt, höchst erstaunt, etwas getroffen zu haben. Was jetzt?

Ich packe: alle gesichteten Füchse, Falken und Maulwürfe, erste grüne Eidechsen, diebische Elstern, freche Goldspatzen, schillernde Käferpanzer, Pinienzapfen, morsche Astgabeln und flache Steine, Stachelschweinstacheln alle vierundfünfzig. Packe alles ein, was sich ums einsame Haus getrieben, während ich winterlang diese Landschaft bekochte, bedachte, beging, beschrieb und beschlief. Was alles ums Haus sich geschlichen, Nahrungssuche oder Paarungswille kiesknirschend mitternachts mich's Fürchten lehrte. Ich packe alles in den Trolley, was vor meine Füße gerollt, geweht, getrieben mir in die Hände fiel. Obenauf das Bild vom Kakibaum von Marina mir gemalt. Das Gewehr, meine leichte Sabatti, wohin damit jetzt? Zur Hand gehabt im richtigen Moment, hätt' ich sie gegen die wildgeword'nen Hunde glatt gerichtet. Aber hatte es diesen Moment wirklich gegeben? Diese Horde folgte meiner strengen Lehre direkt ins Skript. Getippt. Wie die Kolonne Pinienprozessionsspinner, die mir den allergischen Schock beigebracht, deren platzende Gifthärchen, folgenlos beim ersten Mal, nach versehentlichem Zweitkontakt Fieberschub und Pustelschauer übern Körper

mir gejagt, im fertigen Manuskript tödlicher, als die
bösen Hunde. Erstickt, totgebissen nicht. Wartet nur!
Schon lauern all diese Bestien williger Leserschaft auf.
Verschrieben alles. Einiges erlebt. Überlebt.

Reisebereit in Herrgottsfrüh treibt hypersilbrig vib-
rierend ein Großmond den angebrochn'en Tag vor
sich her, überflammt im Überlicht steht das Lachen
des Schäfers höhnisch im Echo überm Feld. Der Baum
am Hügel sprüht Sonnen und in mir hallt der Knall
verschoben nach. Ich rieche Vögel, hör' Mimosen rauschen, das Gras wachsen, Regenspritzer, den Maulwurf
erdschaufeln, und der Wurm, der die Sprache lockert,
schickt mich ins Gelände wieder raus. Versenke beim
Wehrturm wo *vietato l'ingresso agli estranei* das Gewehr
im Brunnen, der Wasserspiegel weit unt' – hör's durch
Geschichte sausen, zeitenverzögert in den Grund
plumpsen. Heroben gurrt eine Hundertschaft Tauben kämpferisch, fliegen Schwalben tief, tonlos fast,
insektenfette Luft kündet Regen und ich zwinge auch
das in Text und Trolley und mache mich auf, blockiert
prompt im Kies ein Rad wieder und draußen an der
Haltestelle vorm Tor fährt der Bus durch.

Im nächsten Winter in der Post eine Sendung von
Marina. Schickt mir aus ihrer langsamen Reise aus
Spitzbergen eine feingliedrige Grafik: Aus ewigem
Schnee hervortretend Felsen, *Fridtjovbreen – Faces*. Der
Gletscher habe Gesichter, Geschichten und Bilder aus-
geapert.

Vom Hörensagen nur

Am Steg. In der Sonne liegend, am selben Steg in der Sonne liegend, an welchem die Gruppe sich immer getroffen. Zwei, drei Wochen danach hörte ich davon. Meinen Körper der Wärme hingeliefert, dem Holz des Stegs, seinen typischen Geruchsmolekülen, die mir den Sommer gaukeln, Pappelblättergeflirre, zogen sonnencremedurchmischte Schwaden lau über meine Haut und in einem Glas zerteilte eine Gabel synkopisch Gurkensalat. Zufriedengebügelt liefen mir Wellen endlos zu, variantenreich lockend verdrehte mir das Sonnensprenkeln Augen und verschaukelte mir den Verstand, der mir murmelnd flüsterte, hell aufglucksend zuweilen vor Glück in Entenbrabbeln fiel, aufs Handtuch speichelte, wo unterm Horizont meiner Armbeuge Schwäne entlang Revierlinien spurten, wassertretend stiegen und spritzend wasserten. Sommergeräusche. Die Taktkommandos und Ruderschläge der Sportboote würden erst am Abend ihren Einsatz haben, am Nachmittag ans andere Ufer rüber schwimmen hatte Zeit.

Was, wenn jemand einfach untergeht. Wie Lena. Geräuschlos ohne Hilferuf. Irgendwann dann in dieser unüberbrückbaren Zeitspanne, die sich später nicht mehr definieren lässt, sofern darüber niemand akribisch Aufzeichnung führt, Dauer, in der passiert, was Schicksal und Fakt hernach, ein augenfälliger Beobachter eingreifen hätte müssen. Irgendwann drallte

das nervöse Helikoptergesuch überm Schrebergarten-
dichtgebiet wo kein Landeplatz. No go. Am nahen
Tennisplatz hätte der rotorgewirbelte Sand das Fluggerät jedenfalls verstört, auch ohne Netz. In die Wiese
gesetzt beim Tausenderbaum, zu weit weg vom Un-
glücksort, verbliebene späte Möglichkeit, hasteten Arzt
und Sanitäter mit Notfallkoffern die Uferpromenade
lang in den Freitag Nachmittag, womit Pfingsten 2011
an der Unteren Alten Donau folgenschweren Anlauf
genommen. Durch die sommerpralle Kulisse fluteten
erst unbemerkt bedenkliche Gesprächsfetzen an, dran-
gen durchs Gefunkel, verfingen sich, dösten, kamen
wieder auf und wiederholten sich, bis ich mit Fragen
begann. Irritiert.

Was ist passiert? Hier? Wann? Da vorn? Ertrunken?
Wer?

Dort, an dieser Stelle dort, wo das Wasser eben glitzert,
so stark gleißt jetzt, als ob, also man könnte meinen,
sie sende von dort unten her ein Zeichen noch rauf.
Lebenszeichen. Doch. Sie hat überlebt, sage ich, frage
ich.

Überlebt? Er habe keine Ahnung, ob sie überlebt habe,
er sei nicht dabei gewesen, aber ja, er habe sie gekannt,
ihre Kameradinnen auch, waren immer da in den
Ferien, zwölf, dreizehn Jahre alt, Kinder noch, Halb-
wüchsige, und ihre Familie, die einen Garten an der
Promenade habe.

Fischer fast ertrunken

Farchtensee – Am Farchtensee bei Stockenboi ist heute ein Fischer zusammen mit seiner Tochter von seinem Boot ins Wasser gestürzt und musste reanimiert werden. Danach wurde er mit dem Hubschrauber ins LKH-Klagenfurt geflogen.

17.05.2011 – 09:07 Uhr

Der Mann und seine Tochter ruderten mit einem Boot auf den See und begannen um 7 Uhr zu fischen. Gegen 7:30 Uhr hatte der Mann einen ca. einen Meter langen Hecht an der Angel und begann diesen zu drillen. Im Zuge des Drills veränderte er seine Position im Boot. Durch diese Gewichtsverlagerung kam das Boot mit dem Heck unter Wasser und kenterte in einer Entfernung von ca. 60 Metern vom Ufer.

Der Tag stählte seine Brust wolkenlos als wäre nichts vorgefallen. Ich sah ins blitzende Wasser. Flach rollende Wellen blendeten ölig, trugen keine Spitzen zur Schau wie wenn Wind aufbrist. Mir war heiß. Ich schwamm einfach los, getrieben, fünf- oder sechshundert Meter ans andere Ufer. Schneller als sonst, zügig, wie gejagt. Drüben außer Atem im Bojenseil des Strandbads hängend, davon aufgefangen und geborgen, fragte ich mich zum ersten Mal in diesem Sommer, zum ersten Mal überhaupt in all diesen Sommern, die ich hier verschwamm, wie ich rüber, also zurück wieder rüber an den Steg kommen sollte. Ich erinnerte mich plötzlich doch an das Mädchen, mehr an ihren Namen als ihr Gesicht oder ihre Physis – Lena, den Namen hatte ich rufen gehört. Hatte sie bei meinen regelmäßigen Stegbesuchen wohl gesehen und ihre Familie auch. Erinnerte mich vage. Über Jahre hatte sich eine Art Steggesellschaft gebildet, divergent und verbunden nur an diesem Platz, der eine Ruhe hat und einander fremde Menschen zum Grüßen bringt, zuweilen zum Reden, zu losen Freundschaften sogar, die sommers steggebunden stets wiederauflebten, ich fragte mich, ob Lena eine gute Schwimmerin, und war beunruhigt, eine so weite Strecke wieder zurück schwimmen zu müssen. Lena war zwei, drei Meter vom Steg entfernt einfach untergegangen. Niemand hatte das bemerkt.

Dann doch. Dann war das Mädchen der fröhlichen Gruppe aus Freunden und Familie doch abgegangen, die sich gemeinsam kurz abkühlen wollte vorm Mittagessen. Da hatten dann welche nach ihr ausgeschaut, sie gerufen, keine Antwort, sie nicht gesehen, die anderen angerufen, ob sie an den Steg zurück, dort hingeschaut und sie dort nicht gesehen, lauter nach ihr gerufen, übers Wasser hin ihren Namen geworfen, war vielleicht weiter weg geschwommen, rüber oder hinterm Steg, unterm Steg, oder im kleinen Schilfgürtel am Ufer sich versteckt aus Jux und Übermut, hatten sie einander noch versichert, solche Streiche gingen doch zu weit, während der Vater schon runtertauchte, einer schieren Ahnung folgend, die jemand vom Steg her ihm bestätigte, der übers Wasser hinrief, ihm vor komme, da sei ein Kind nicht mehr aufgetaucht, da vorn, und selbst gleich nachsprang, paar Kraulzüge vom Steg weg tief Luft nahm und runtertauchte.

Mann erreichte das Ufer nicht

Anschließend schwammen beide gemeinsam Richtung Ufer, wobei die Tochter dieses zuerst erreichte. Der 50-jährige Mann konnte das Ufer jedoch nicht mehr erreichen und ging noch vor dem Eintreffen der Rettungskräfte unter. Die Tochter begab sich sofort zu einem nahegelegenen Anwesen und veranlasste die Verständigung der Rettung.

Als Ersthelfer trafen nach kurzer Zeit ein 67-jähriger Mann von seinem nahegelegenen Wohnhaus und zwei Brüder (21 Jahre und 23 Jahre alt) von einem ebenfalls nahegelegenen Anwesen ein. Sie ruderten sofort von ihrer Bootshütte zum Unfallort. Dort fanden sie den 50-jährigen Mann leblos im Wasser treibend vor. Sie bargen den Verunglückten, führten Erste Hilfe Maßnahmen durch und brachten ihn ans Ufer.

Hatten sie ihr Fehlen bemerkt in der Minute schon nach ihrem Untergehen oder Minuten später erst? Zurückschwimmend keimte mir Angst, als Schling-pflanzen meinen Bauch streiften, deren Streicheln ich bislang als Poseidons Gruß an eine stille Schwimmerin gedeutet, einer Schwimmerin, der bloß aus Versehen keine Schwimmhäute gewachsen waren, und wurden mir meine Füße, meine Beine nun auf einmal nervös, verschluckte mich die Schwimmdistanz, die sich selt-sam weitete, Querung, die ich jahrzehntelang beden-kenlos aufgenommen, mehrmals am Tag manchmal, war erleichtert nun, meine Zehen der veralgten unters-ten Treppe des Stegs wieder sicher und meine Finger des morschenden Geländerholzes habhaft. Der Bade-gast, der mir erzählt hatte, was er wusste, war weiteren Fragen ausgewichen, hatte den Steg verlassen.

Nizza, im selben Sommer. Stopover in Zürich. Über
die Alpen und im Anflug vom Meer her, der Küsten-
schwung zwischen Hafen und Flughafen im Mittel-
meerlicht. Die Maschine stieg nicht höher seit gerau-
mer Zeit, zu tief für die Alpenquerung, viel zu tief.
Schweigen in der Kabine seit Ansage der Sicherheitsbe-
stimmungen. Bedenklich, da die Stewardessen passa-
gierzählend hin und her liefen, anstatt das Bordservice
zu entrollen. Unklar, was die Piloten abhielt, Infor-
mationen zu Flughöhe, Fluggeschwindigkeit, Wetter,
topologischen Anhaltspunkten, Zeit, und angepeilter
Landezeit durchzusagen. Meine Unruhe fand Nahrung
in der überraschenden langgezogenen Wende der
Maschine, vieler Passagiere Pokerface, erneut extreme
Schräglage, gegen Nizza wieder, wobei der Versuch,
Höhe zu gewinnen, spürbar misslang, schlotternde
Triebwerke, im nächsten Turn der Kapitän: Wir befänden uns auf dem Rückflug nach Zürich-Kloten, ein
nicht behebbarer Fehler im System mache es unmöglich, auf die für einen Flug über die Alpen nötige
Reisehöhe zu steigen, die Maschine werde in Zürich
getauscht. Meine Nizzaer Freundin hob ihr Telefon
nicht ab.

Sie holte mich ein, als ich in den Shuttle-Bus stieg.
Hatte ihr Telefon vergessen und Stunden gewartet,
der Flug von der Anzeigetafel verschwunden irgendwann Auskunft: ungewiss, wann und ob dieser Flug
landen würde. Überzeugt, in den Nachrichten erst
vom Unglück zu erfahren, habe sie Schlimmstes be-
fürchtet. Tatsächlich hatte ich das erhebende Gefühl

einem Absturz entgangen zu sein, gerade noch. Im
getauschten Flieger mich in einem wochenalten Aus-
riss einer Kärntner Lokalzeitung, herausgefallen aus
dem Notfall-Manual, verloren, und im Landeanflug den
weit aufziehenden Blick auf die Promenade des Anglais
verabsäumt.

Mit dem Hubschrauber nach Klagenfurt geflogen

Der Verunglückte wurde von der Besatzung des Rettungshub-
schraubers RK 1 übernommen und weiter reanimiert. Anschließend wurde er vom Rettungshubschrauber in das Klinikum Klagenfurt geflogen. Dort wird er intensivmedizinisch betreut. Die
17-jährige Tochter blieb bei dem Vorfall unverletzt. Das Boot
wurde von den Ersthelfern und der Freiwilligen Feuerwehr
geborgen. Im Einsatz standen der Rettungshubschrauber, ein
Fahrzeug des Roten Kreuzes, ein Firstresponder, die FF-Kreu-
zen mit vier Mann und einem Fahrzeug, die Hauptfeuerwache
Villach mit zwei Mann und einem Fahrzeug, sowie drei Polizei-
streifen mit insgesamt fünf Mann.

So war das wirklich am Pfingstwochenende 2011.
Freitagnachmittag. Die Stege, die Gärten an der
Unteren Alten Donau voll frühsommerlicher Ausge-
lassenheit. Über aller Leichtigkeit ein Unheil schon,
manifest im Auftauchen des Helikopters knapp über
dem Wasserspiegel, blieb den meisten am Strand das
Rotorknattern erst noch im Hintergrund und wurde
im unbeirrten Herannahen lästiger, brach ein in die
Steggeschwätzigkeit und unterbrach jede Tätigkeit,
übertönte die Freizeit bis Neugierige innehielten,
hinschauten, die Stege, eine einzige Mutmaßung des

Einsatzgrundes, entlang der Frage, über welcher Stelle das Einsatzgerät verharren würde, abwartend, wie sich der Fluss der Freizeitbewegung unterbrach von Steg zu Steg ein Erstarren, und als das gelbe Helikoptertier zackig abdrehte, bis sein Rotorlärm erneut penetrant wieder aufkreuzte. Der Heli stand tief und peitschte einen tiefen Wirbel, bevor das Fluggerät hochging und gegen den Tausenderbaum hin sein Geknatter unterging im Trubel des fortgesetzten Badetags.

Ich stelle mir vor, wie das kam an diesem Tag, und male es mir weiter aus mit Details, die nicht gesagt oder nicht bemerkt wurden, kenne den Vorfall vom Hörensagen nur. Jeden Sommer kommen solche Einsätze mehrere Male vor. Jede Saison ertrinken Badende. Kurz nur bringen die Hubschrauber Unruhe in den Rausch und das Rauschen der brillanten Sommertage, eine Störung, die darin rasch untergeht und im Grund verblasst wie die Unrettbaren.

Ich schwamm raus. Nahe der Nizzaer Burg am Castel Plage. Ins glatte Meer weit über den Point de Rauba Capeu raus. Das Strandgeschrei nimmt ab, verliert sich, das Wasser trägt heute gut, viel weiter draußen laufen unterhalb der Horizontlinie große Schiffe dem Hafen zu, kein Geräusch, nichts als durchs Tieftürkis Sicht zum Grund, nichts als auf mich geworfen fasst und hält eine Welle mich, erhebt mich und trägt mich in ihr Tal ohne Überschlag, nimmt mich flach und mächtig ins ruhige Rollen glatter Wasser mit, Woge um Woge getragen, gelassen und, aus dem Nichtden-

ken der Gedankenpfeil: Hätte umkehren sollen, längst,
und trifft im Wenden meine Ferse ein starker Schlag.
Welle? Ein Zweiter, meine Wade, keine Welle, das
Meer ruhig und glatt treffen Schläge mich, Schlag um
Schlag, fünf, sechs, sieben, Waden, Schenkel, Hüften.
Meine Beine, meine Arme zappeln, torkeln, raufen,
verschluckt mein Atem sich, Zehenkrampf, ich er-
trinke und keiner merkt's, zieh' ich weiter Panik, so
weit draußen. Tauch' nicht unter, willst sterben vor
Schreck? Trommle dir Vernunft, versammle Beine, fasse dich, schwimm flach, sprich mir nach jetzt: Ruhig,
bleib ruhig, jetzt, schwimm' dem Ufer zu, zügig. Ich
spreche, schreie, kommandier' mir Gehorsam, unsanf-
te Stöße gegen die Lenden, fremde Masse unter mir,
neben mir, schwimme, ziehe gleichmäßig landwärts,
entschiedene Tempi, lassen die Rempler nach, hören
auf. Schwemmt mein Körper an Land, erschöpft, mehr
Tier als Mensch, todmüder Wal. Gestrandet erreicht
manche Welle meinen Leib, überglänzt meine Gliedmaßen, meine stillen Flossen.

Nicht so tief war es an dieser Stelle, vielleicht zwei,
drei Meter, sonst hätte er sie nicht sehen können da
wo sie drunten lag, das Wasser trüb eher, sagte der Ba-
degast mit dem gemütlichen Bauchüberhang überm Ba-
dehosenrand, dem ich so einen spontanen Tauchgang
nie zugetraut hätte, und seine Ehefrau nickte. Wochen
später Septemberanfang, Altweibersommer. Tatsächlich war ihr Mann gleich reingesprungen, nachdem ein
anderer vom Steg aus der Freundesgruppe übers Wasser hin zugerufen hatte, es sei da jemand nicht mehr

aufgetaucht, erzählte seine Ehefrau. Ich saß am Steg
fröstelnd und fragte, ob die Untergegangene überlebt –
niemand wusste das. Ein anderes Paar mischte sich ein,
Mutmaßungen, in die hinein eine neu Hinzukommen-
de klarstellte. Lena ist gestorben.

Sie wisse das genau. Nein, sie habe sie nicht gekannt,
habe gar nichts davon gewusst bis jetzt. Jetzt eben
diese Gewissheit erst, ein fehlender Mosaikstein, sei ihr
klar, es war dieser Unfall, dieses Kind, ein Mädchen,
es war wohl Lena, über die jener Arzt, Kollege am
Allgemeinen Krankenhaus, wo sie als Physiotherapeu-
tin, der damals in ihr Praxiszimmer platzte, statt ins
Männerklo daneben, verzweifelt sich ausweinte, über-
nächtigt und verzagt vom nach Tagen auf der Intensivstation doch verlorenen Kampf um ein in der Alten
Donau untergegangenes Mädchen. Sich bezichtigte,
es sei umsonst alles gewesen, so ein schönes Kind, aus
dem Hubschrauber raus Reflexe noch, hoffnungsvoll
zuerst noch, dann plötzlich nichts mehr. Organe noch.
Kurzzeitig schwieg der Steg.

Fischer ertrunken

18.05.2011 – 09:22 Uhr

Farchtensee – Wie gestern gemeldet, wurde ein in der Früh am
Farchtensee bei Stockenboi mit seinem Boot gekenterter Fischer noch vor Ort von Ersthelfern erfolgreich reanimiert und
mit dem Hubschrauber ins LKH-Klagenfurt geflogen. UPDATE:
Leider verstarb der Mann heute in den frühen Morgenstunden
im Klinikum Klagenfurt.

Schwieg, bis der mit dem gemütlichen Bauch, der zuerst nach ihr getaucht, sagte, und er habe sie liegen sehen am Grund, habe sie so gesehen, sie nicht erreicht,
wollte sie hochziehen, mehrmals versucht, habe nicht
tauchen können so tief, habe sie liegen sehen unten am
Grund, friedlich und blass und entfernt, unerreichbar
schon, rasch habe es von Berufstauchern, Equipment
und Zuspielern am Steg gewimmelt, das Mädchen sei
hochgebracht, versorgt und zum Helikopter mit Blau-
licht die Promenade zum Tausenderbaum gebracht
worden. Höre das und frage mich, warum nicht mit
diesem Rettungswagen zum nahen Donauspital.

Hätte ich ihm erzählen sollen von meiner Panik-
attacke nach meiner Rückkehr aus Nizza, als ich das
Überschwimmen der Alten Donau vom Steg an dieser
Stelle, wo sie sehr breit ist, wieder einmal hinüber zum
Strandbad geschafft hatte, im Bojenseil wieder rastete,
als ein stures Lüftchen aufkam und Wellen gegeneinander aufbrachte und spitzkräuselte, sie sich nachliefen,
türmten und übersprangen, lächerlich wenig hoch
zwar, aber gegeneinander preschten und klatschten,
hochspritzten, dass der Wind darob jammerte und
mir mehrmals nass ins Gesicht schrammte, mir meine
Courage ausblies. Ich stieß mich vom Seil ab erst als er
abgeflaut, die Vertauungen der Segelboote drüben im
kleinen Yachthafen nicht mehr heftig klimperten, und
schwamm mutschöpfend los, kältebibbernd schon und
die kreuzenden Segler sehr beschäftigt mit Manövern
zischten mir über die Nase fast, blieb achtsam, sie
würden mich Schwimmerin leicht übersehen. Auch

die Ausflugsboote strebten Ziele an, ruderten oder
pedalten heftiger, und ich tat das auch, und da stießen
meine tempifassenden Füße in einen Wald aus Schling-
pflanzen, der mich anfasste, mich umstriff an Bauch,
Flanken und Beinen, er zog mich tief, Schwall um
Schwallen überschnitten mich Schwalle trafen mich
offenmund hart am Atemrand –

wer will mich vom grund hochzerren, auf den ich grad abge-
sunken, lasst mich, ich in dieser zeitlupe, lasst mich los, nein,
ich will nicht zurück, lasst mich hier, denn was ich da höre ist
raunen der fische und das gewog'ne säuseln der hydrophyten,
der blauen algenfarne, der aquatischen makrophyten, schweb-
pflanzen wie ich, die meine wächsernen lenden bevölkern wer-
den, wie alles, was hier unten west und schwimmt und haust,
wie die steine und der sand, die mich überleben, ich bin ins
wasser gesprungen als ein fisch flutschend schon aus eigner
hand ins element gesprungen wie mein herz, mein herz, mein
fehlerherz wie's mich hinabflutet, mich überholt mein ganzes
kurzes leben schon so todbereit ohne gelegenheit, die jetzt ein-
malig zu nutzen war, und nutzen wird meine lunge nur, mein
herz nicht, wartet droben schon ein junge auf meine lunge
schön, schönes kind, weiß es nur heut noch nicht, vor allem
aber sehe ich jetzt noch euch hobbytaucher, sonntagsschwim-
mer mit dicken bäuchen, wie ihr sucht mich zu erreichen
und zu retten, ihr verzweifelten, die aufgeben werden und
auch die professionellen, die meinen körper zwar heben vom
grund, sachte sachte, bis ein helfer vor lauter erster hilfe mir
die rippen bricht, ach, lasst es bleiben, warum bloß taucht ihr
meinem herz nach, dem vorgeburtlich ein loch gewachsen wo
keins sein darf und mein fehlerherz sein pumpen eingestellt

und mich der gewissheit des ozeans vermählt schon, der kühlt
und hüllt mich leibumsprudelt, kein zurück, hinüber will ich
schlürfend dem fischschwarm beifolgen, trudeln sauerstoffum-
wirbelt tauchergestalten herab, bedeuten sich meiner rettung
habhaft, verwundert, da ich mich ihrer wehre und ihre augen-
furcht mich nicht kümmert, nein, ich will nicht mehr, aber sie
mich nicht lassen, nicht mehr ablassen, mich fassen, aufgrei-
fen, wegreißen, und entrissen steigen wir und sie verkörpern
mich sickernd ins andre medium wieder dort oben hinsinkend,
wieder einem schlappen, doch wenigstens lungenvoll phytenge-
streiften tod, dieser tod besser jetzt, als ein langes leben lang
mitgeschwommen im mittelmaß, ein sprung ins wasser nur
und hochgetaucht und –

– als ich daraus schnappend hervor ein nahes Ruder-
boot anrief, ja, ich konnte rufen noch, schreien, wo
doch alle sagen, es würde, derart in Bedrängnis gebracht, der Kehldeckel sich unwillkürlich schließen,
Ertrinken ein stiller unauffälliger Tod, stimmversagend
dem Ersticken ähnlich, rief ich laut die Leute im Boot
ihren Begleitschutz fordernd, sie mussten in meiner
Not rüber zum Steg als Beiboot bis ich dankend ab-
winkte, wellengeglättet plätschert die Alte Donau beim
Steg fast wieder und beschämt derart im Luftlos gewesen, ein Schrecken, diese Scham.

Bin nicht wieder hinüber geschwommen und zur
faden Randschwimmerin verkommen, zur Auf- und
Abschwimmerin mutiert entlang der Ufernähe und
in diesen Bahnen von Neptuns derben Scherzen ver-
schont, seiner neckischen Aufmerksamkeit entzog ich

mich, safety first, und doch befallen mich regelmäßig Herzschlagaussetzer seither, Herzflimmergejammer, Arythmien der Angst, die mir im Nacken hockt, wenn ich nur dran denke rauszuschwimmen ins Weite oder die Alte Donau rüber nur, einerlei ob ein flotter Wellentanz anhebt, ein Algengeschwader lässig dahinwellt oder ein neugieriger, kaum fingerlanger Fisch mir Zehen küsst, während meine Beine vom Steg ins Wasser hängen. Nächsten Sommer lege ich mir eine Schwimmhilfe zu, sage ich mir dann, aufblasbar unterm Badeanzug unsichtbar, vergesse es von Saison zu Saison.

Zum Zwang des Setzkastens

Matthias Schmidt *Der Titel* Am Ufer meines Setzkastens *verleiht der rigiden Ordnung der Buchstaben eine ungeahnte Weite. Diese nimmt noch zu, wenn man sich vor Augen führt, wie lange und intensiv die Texte dieses Buches bearbeitet und immer wieder überarbeitet wurden. Wieweit gehört es zu Deinem poetischen Selbstverständnis, die sprachliche Ordnung zu dehnen und zu erweitern – und wann ist ein Text ‚gültig‘ für die Buchform?*

Gabriele Petricek Weite und Strenge. Oder Stringenz. Es gibt Sätze, die fallen ein und erfüllen den Tatbestand sofort. Und lassen dann doch noch Möglichkeiten, die auszuprobieren sich lohnen: Lautmalereien, Mehrdeutigkeiten, Unabänderlichkeiten, Verschärfungen oder eine längere Leine. Man kann seinen Geist schweifen lassen, es ist eine Lust und ein Spüren, ein Aufspüren von Tonalitäten, denen Bedeutung auf den Fuß folgt, zuweilen eine andere Richtung. Es gibt Sätze, Absätze, Texte, die beim Wiederlesen unverändert bleiben, einfach weil sie stimmen, auch das ein geradezu körperliches Gefühl. Die Lust, an der Variation und der Steigerung der literarischen Dichte ist immer groß. Dennoch musste ich feststellen, wenn mein Text gedruckt ist, stimmt er für mich meist auch nach Jahren noch. Schon beim Schreiben lasse ich meine innere Lektorin los, ihre Strenge fesselt mich an den Schreibtisch. In all der Weite, die sie lässt, muss es

Eindeutigkeit geben: pronouncierte Anwendung der Instrumente, die zur Verfügung stehen, Scharfstellung der Sprache. Es gibt diese treffende Genauigkeit, mit der ein Pfeil zitternd ins Schwarze trifft. Gültig für die Buchform können oder könnten auch Zwischenstadien schon sein, unlektoriert aber kommt mir kein Text ins Gedruckte. Verlage beurteile ich an ihrer Lektoratskompetenz, ein sorgfältiges, und wünschenswert, kongeniales Lektorat ist für alle Beteiligten, bis hin zur Leserschaft, ein wahres Vergnügen.

MS *Der Eindruck einer stimmigen Gültigkeit hängt ja, wie Du gerade meintest, von vielen Aspekten des Textes ab: lautlichen, spielerischen, Momenten der Verdichtung und etwa auch der bildhaften Präzision. Hat sich die Strenge, mit der Du selbst an Deinen Texten feilst, über die Jahre verändert – bzw. die Hinsicht auf oder Gewichtung dieser Aspekte?*

GP Ich denke nein. Hoffe aber, sie hat sich verfeinert. Insofern, als sich die Strenge schneller fokussiert und zielgerichteter auf den Punkt springt, das ist auch eine Sache der Übung. Sicher hat sich mit den Jahren doch etwas verändert. Es ist nicht einfach für mich, das selbst festzustellen, zu benennen, was genau das ist, da ich mit Gefühl und Kalkül schreibe, Letzteres aber dem Gefühl erst entspringt, aus einer Versuchsanordnung heraus vielleicht. Die Frage, wie dehnbar Sprache sein kann, und welche Variationen ich ihr entlocken kann, hat mich immer bewegt und ist mir früher zuweilen ins Manieristische gedriftet. Zu viele auszuspielende Asse im Ärmel. Nun verzichte ich eher auf Neologismenfunde und vordrängelnde Sprachwendigkeiten, Doppelungen oder Detailversessenheiten in banalen Abläufen, so sie im Textfluss zu viel Lärm um sich machen, unbedeutend, vorwitzig oder eben tautologisch sind. Das ist die Gewichtung: meine Suche, wie natürlich, ja, geradezu beiläufig Sprache sein kann und darf, selbstredend, ohne in Beliebigkeit zu landen. Atmosphäre und Dichte kursorischer als zuvor herstellen. Pausen, Auslassungen in doppeltem Sinn. Der Erzählsog kann ein Loch im Text haben, Schnitte, Brüche, Überlagerungen und Intertextualität und er bleibt doch eine Frage der Inhalte und des Narrativs. Klang aber ist Voraussetzung. Sprachrhythmus. Prägnanz durch lautliches Herumprobieren kann Erzählrichtungen überraschend wenden. Mein Schreiben ist figurativ und nicht abstrakt, wiewohl ich trachte, den Satzbau zu abstrahieren.

MS *Gerade bei der Syntax geht es oft auch darum, allzu direkte Beschreibungen in Schwebezuständen zu halten, Formulierungen durch Verknappungen oder ungewohnte Fügungen vom Anschein des allzu Alltäglichen frei zu halten. Dennoch sind Deine Texte diesbezüglich dicht und abwechslungsreich, überformte Passagen und Formen scheinbar vertrauter Sprachverwendung folgen aufeinander. Könntest Du Dir vorstellen, dass Du die scheinbare Schlichtheit als Experimentalanordnung für weitere Texte noch weiter treibst, im Sinne einer wirklich an Schlichtheit orientierten Poetik? Oder läge zu viel Kalkül in einem solchen Vorhaben?*

GP Als grundierenden inneren Auftrag kann ich mir vorstellen, dem Wunsch nach Schlichtheit zu folgen. Absolut. Duchamp hat letztlich Schach gespielt. Es kommt ja immer alles aus einer Laune heraus. Kalkül trifft mich jedenfalls auch in einem spielerischen Moment. Als Idee, Einfall, Überfall oder Absicht. Und entwirft den Vorsatz, der meine Finger übers Tastenfeld bewegt.

Als aktuell nachlesbares Exempel für meinen Wunsch nach Verknappen, Verdichten und Ausmisten kann die Erzählung *Corona Bird* in diesem Band stehen, eine um rund vierzig Prozent gekürzte Fassung einer Vorfassung, die, 2020 als Wettbewerbsbeitrag eingereicht, nun zeitgleich in einer Anthologie bei Herder[1] erscheint. Fleur Jaeggy hat einmal in einem Gespräch erwähnt, sie wende fürs Kürzen und Reduktion extrem viel Zeit auf und sie komme dann auf sieben Jahre Arbeit an einem relativ schmalen Band wie *Die seligen Jahre der Züchtigung (I beati anni del castigo)*.

MS *Eine weitere Konstante Deiner Texte bildet deren Ich, in dem sich allerlei bündelt, das sich aber gerne selbst verdoppelt, ausfranst und überrascht. Würdest Du diese Textinstanz zu den spielerischen Kalkülen rechnen, da es ja gerade nicht für eine verbürgende, biografisch-verortende Agentur steht?*

GP Ja. (Das Ich als Nicht-ich und retour ermöglicht viel, um sich und anderen nicht zu nahe zu treten.)

MS *Welche Rolle spielen äußere Vorgaben wie Schreibauf-*
träge, Schwerpunkte von Anthologien oder Stipendien für
Dein Schreiben? Sind sie Zwang oder Geländer?

GP Beides. Wenn sie aber vorwiegend Zwang bleiben,
mach' ich sie nicht. Vorgaben müssen sich zu Schreiblust metamorphieren, einen Zug kriegen und ich muss
ein Andocken an meinen in Arbeit befindlichen Text
spüren und finden. Was oft im Aufwachen oder wenn
ich schon zu Bett gegangen bin passiert und mich
dem Schreibtisch gleich wieder zutreibt: Stichworte,
Umrisse. Vorgaben werden sukzessive Geländer und
manchmal plötzlich. Wie bei meinem letzten Buch
Die Unerreichbarkeit von Innsbruck. Die mir zunächst
kaum zu erfüllen scheinende Anfrage der 1000jäh-
rigen Wiederkehr der Translatio des Hl. Koloman,
des Stiftpatrons von Melk, literarisch beizukommen,
erreichte mich nach dem dritten Kapitel im neuen
Projekt und im Zweifel über den Fortgang des Textes.
„Das Melkkapitel", dem ich im Umkehrschluss die drei
ersten Kapitel vom Ende der Kapitelfolge her wieder
zuschreiben musste, hat mir klar gemacht, woran ich
eigentlich schreibe und wurde fürs ganze Buch die
Zugmaschine. Sowieso fließen mir bei längeren Auf-
enthalten in stillen und fremden Gegenden als Writer-
in-Residence, ob ich will oder nicht, irgendwann die
Gegend, die Landschaft oder die äußeren Umstände
zwischen die Schreibfinger, die übersetzen, worin ich
stecke. Der Rest ist Recherche, Akribie und Zeckenhaf-
tigkeit. Dazu Sitzfleisch und Spazierfüße.
Dieses Andocken an meine Textarbeit finde ich auch

bei meinen Literaturveranstaltungen: beim 2013, 2015 und 2018 am Lafayette College in den USA mit Margarete Lamb-Faffelberger organisierten *Austrian-American Podium Dialog*[2], einem Symposium mit je vier österreichischen Autorinnen und Autoren und vier US-Germanistinnen und Germanisten ebenso, wie bei den seit 2014 jährlichen Abenden von LITERATUR AM STEG an der Unteren Alten Donau mit je acht Literatinnen und Literaten.

Definitiv Geländer und nicht Zwang sind Stipendien. Der monetäre Gegenwert, den die Gesellschaft der Literatur beimisst, ist hierorts allgemein zu gering. Soll die hohe und manchen zu anspruchsvolle literarische Qualität der österreichischen Literatur, die immer wieder auch international attestiert wird, und vielfach kleineren Verlagen und geringen Auflagen entspringt, bestehen bleiben, sind Stipendien, vergeben durch unabhängige, qualitäts- und genderbewusste Juries unabdingbar fürs Überleben von Schriftstellerinnen und Schriftstellern, ebenso für Verlage.

MS *Welche Strategien pflegst Du, um Deine Schreiblust möglichst lebendig zu erhalten?*

GP Dranbleiben ist eine, Weggehen eine andere. Fürs Dranbleiben bleibe ich einfach am Schreibtisch sitzen und fürs Weggehen koche ich mir ein feines Essen und währenddessen manifestiert sich was, denkt sich was unauffällig weiter, und ist mir schon manchmal am Herd was angebrannt oder übergegangen, weil ich an den Schreibtisch zurückgerannt.

Auch Kauen selbst bringt Gedanken und Lösungen
hervor, dieses serielle wo Draufbeißen und Schlucken,
erster Verdauungsschritt, das Mikrobiom denkt mit,
und denkt vielleicht zuerst. Zuweilen vergesse ich
aufs Essen und die Sitzung geht weiter und weiter –
will noch was ausdrücken. Ich habe keine Angst vorm
leeren Blatt, vorm leeren Screen: Der erste Satz ist immer schon da. Lässt sich immer einer festhalten, der
sich ahnt. Man lauert eben – schon kommt mir die
nächste Erzählbeute in die Quere oder um die nächste
Ecke oder ich aus einer anderen Richtung, stolpert
mir was anekdotisch vor die Füße, Stachelschweinstacheln beim Spazierengehen, die sind jetzt in diesem
Band aufgehoben, wo? – Findet es raus! Früher zuweilen mit geschlossenen Augen wahllos ein Buch
aus meiner Bibliothek gezogen, es aufgeschlagen,
irgendwo mit dem Finger drauf wie auf eine Landkarte – und thematisch, satztechnisch, freibeuterisch
ins übern Daumen Gepeilte gepirscht und in fremder
Textgegend neuen Ansitz gewonnen: eine Volte, eine
Fährte, echohaft oder variierend. Etwas, was der Text
brauchte und noch nicht wusste. Überrascht auch
mich. Nun geht das per www. Meine Bibliothek nach
Renovierung meiner Wohnung wieder am Platz – hat
die alte Methode erneut Chancen. Von verschiedenen
Writer-in-Residences bin ich den hohen Komfort von
Spartanik gewöhnt: Gutes Bett, gutes Licht, guter Sessel, Tisch, Herd, WLAN, Heizung und – Landschaft im
Überfluss. An solch stillen Orten gehe ich viel spazie-
ren, in Wien eher nicht. Tauchte im letzten Jahr auf
der Wieden in die Corona-Zeit ab und angetan mit

Maske, Brille und Hut selten auf, hauptsächlich bei kleinen Lebensmittelhändlern.

MS *Also muss man sich den Zwang des Setzkastens in Deinem Fall als einen selbstgewählten, lustvollen vorstellen?*

GP Selbstredend. Und in seinem Umfeld stehen Wille und Drang: gepflegte Freiheiten, die mich zur Vorstellung führten, der Sprache meine Prägung, einen gewissen Twist, den ich spürte und fand und weiterhin spüre und entwickle, nahe- und beizubringen. Diesen bestimmten Ton ihr aber nicht vordergründig aufzuzwingen, vielmehr durch Klarsicht auf die Immanenz der Worte und der Sätze und Gegensätze, der Umkehrungen, Auslassungen und Wendungen, eine Form der informierten Durchdringung zu erzielen. In Interaktion, und sohin in Kommunikation mit der Sprache selbst zu sein. Ja, diese Lust beherrscht mich. Das alles aber ist kein Zwang im Eigentlichen, sondern Spiel und Kontemplation. Zeitgemäß mein Setzkasten, ein MacBook Air, mein fliegender Teppich. In der Schule hatte ich später ein Fach, das hieß „Schrift", und wir übten mit Metallfedern und Tusche die Anwendung verschiedener Techniken. Vielleicht ende ich beim Malen von Buchstaben mit dem Japanpinsel.

1   *Risikogebiet – Was Krisen aus uns machen.* Freiburg i. Br.: Herder 2021.

2   Der Band PASSAGES – *Crossings·Borders·Openings – In Conversation with Austrian Writers – The Austrian-American Podium Dialog*, ed. Margarete Lamb-Faffelberger & Gabriele Petricek, erscheint im Herbst 2021 bei Peter Lang Publishing Inc, NY.